KB075928

읽는 삶, 만드는 삶

책은 나를, 나는 책을

이현주 지음

두 아들 동호와 석호 그리고 남편 이종대에게

머리말

책을 읽으며 살아온 이야기를 써 보지 않겠느냐는 제안을 받았다. 황송하게도 좋아하는 출판사에서 주신 제안이었다. 독서광을 칭할 정도로 많이 읽지도 못했고 그렇다고 깊게 읽지도 못했는데, 무슨 이야기를 쓸 수 있을까? 한 달 넘게 망설이며 비슷한 책을 찾아 읽었다. 그동안 이런 종류의 책은 꽤 읽었다고 생각했는데, 마음먹고 뒤져 보니 더 많았다. 점점 자신이 없어지고 거기에 하나 더 보태는 일이 민망스러워졌다.

그렇다고 살아온 이야기가 대단했는가 하면 그렇지도 않다. 출판 경력이 십수 년이라고 하지만 띄엄띄엄 일하느라 만든 책의 종수가 많지 않고, 많이 팔리는 책을 만들지도 못했고, 대단한 지위나 권위를 갖고 있거나 감탄할 만한 자기만의 세계를 만들어 내지도 못했다. 뭐라도 있으면 읽다 보니 이렇게 됐다고, 읽으면 사는 데 이렇게 보탬이 된다고 억지라도 부려 볼 텐데, 어째서 이렇게밖에 못 살았나, 부끄러움을 느꼈다.

이런 생각은 책을 읽는 게 사는 데 별 보탬이 되지 않는 일이라는 데까지 나아갔다. 그러다 그건 아니지 싶었다. 내가 외사촌 집에서 소년소녀세계명작전집 1권 『행복한 왕자』를 읽은 이래, 책은 친구가 아닌 적이 없었다. 늘 다정하지는 않았지만 덕분에 덜 외로웠다. 읽는 일로 밥을 벌고, 좋은 사람들을 만났다. 책은 계속 나에 대해, 삶에 대해 그리고 타인과 세상에 대해 생각하게 했고 그 덕에 조금이라도 덜 후진 인간이 될 수 있었다고 믿는다.

그 이야기를 하고 싶었다. 책이 삶에 들어와서 내게 작용한 일, 그래서 조금이라도 삶이 풍요로워진 일 말이다. 그 일들은 징검다리와도 같아서 내 앞에 놓인 삶이라는 강에 띄엄띄엄 길을 만들어 주었고 나는 그것을 딛고 용케 여태까지 그럭저럭 살아왔다. 내 능력으로는 바로 앞에 놓을 돌만 겨우 수습한 터라 그것이 어디로 나를 데려가 줄지는 아직 모르겠다. 지금 선 곳에서 돌아본 징검다리도 삐뚤삐뚤하다.

그 징검다리에 관한 이야기다. 몽테뉴는 평생 '나는 어떻게 살고 있나'라는 질문 말고는 아무것도 하지 않았다고한다. 삶은 가르침이 될 수 없기에 이 말을 스스로에 대한명령어로 바꾼 적도, 타인에 대한 충고로도 생각한 적이 없다고 했다. 감히 몽테뉴에 비유하자는 것은 아니지만, 이 책이 내게 주는 의미도 그렇다.

처음 책을 읽은 순간부터, 책을 통해 삶과 닿고 다시 삶과 책이 닿은 순간들을 적었다. 개인적인 순간이지만 때로는 모두의 순간이 되는 부분도 있으리라. 미리 말하지만 책을 읽는다고 유능하거나 훌륭한 사람이 되지는 못한다. 모두 자기만큼의 사람이 될 뿐이다. 그래도 하나 확실한 건, 읽는 삶이, 적어도 나에게는 꽤 만족스러웠다는 사실이다. 이 책이 그런 마음을 독자에게 잘 전하면 더 바랄 것이 없겠다.

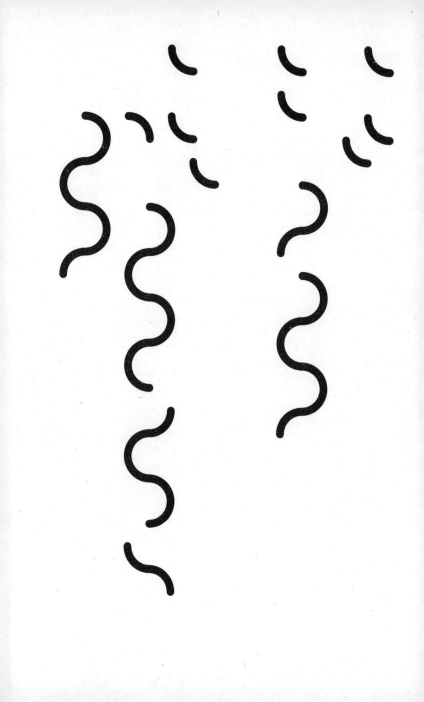

행복한 왕자

내가 세상에 태어나서 가장 먼저 읽은 책은 초등학교 2학년 때 읽은 오스카 와일드의 『행복한 왕자』다. 이걸 어떻게 이렇게 정확하게 기억하느냐면 내 인생에 딱 네 번 있었던 문화 충격 가운데 첫 번째였기 때문이다. 거실이 있는 서울의 아파트에서 100권짜리 어린이용 전집을 처음 보았을 때, 세상에 이런 것도 있구나 싶었다. 부모님은 책을 읽는 분들이 아니었다. 여흥으로 읽을 잡지 한 권 보기 힘든 시골에 살았던 내게 규격이 일정한 책이 100권이나 꽂혀 있는 광경은 그야말로 장관이었다.

초등학교 2학년에 올라가자마자 섬으로 이사를 갔다.

학교에 다니긴 했지만 섬에서는 친구를 사귀기가 어려웠다. 들고 나는 사람이 거의 없어서 한 학교에 입학하면 그 아이들이 초등학교부터 중학교까지 같이 다니는데, 외부에서 흘러들어 왔다가 다시 금방 빠져나가는 나 같은 아이에게는 곁을 주지 않았다. 나와 노는 아이들은 놀이에 끼워 주지 않겠다고 노골적으로 '왕따'를 시키는 아이도 있었다.

놀 친구가 없어서 바닷가에서 낚시로 작은 게를 낚으며 놀았다. 그것도 지치면 어른들을 따라다니며 놀았다. 해군부대에 가서 노래자랑을 하고 피엑스PX에서 새우깡을 얻어먹고, 아빠를 따라 작은 배를 타고 근처 바다에 나가 해군들이 즉석에서 따 온 전복도 먹었다. 꽃게 철이 되면 게도 엄청 얻어먹었다. 며칠씩 태풍주의보가 내려 배가 못 뜨면 냉동이나 다른 가공을 하고 남은 게를 집집마다 돌렸다. 안 그러면 다 버려야 했다. 붉은 '다라이' 한 가득 아직 살아 버르적거리는, 남자 어른 손바닥 두세 배 크기의 게를 담아 오면 솜씨를 부릴 시간도 없어서 바로 쪄 먹었다. 여태 살면서 이보다 맛있는 게를 먹어 본 적이 없다(역시 어른의 놀이는 식도락인가?).

지금은 쾌속선이 생겼지만 그때는 배로 인천까지 열두 시간 거리였다. 섬을 벗어나는 일도, 다시 돌아오는 일도 큰 마음을 먹어야 할 수 있는 일이었다. 시댁도 친정도 없는 낯선 곳에서 늦둥이로 태어난 갓난아이까지 아이 넷을 혼자 돌봐야 했던 엄마가 아이들 방학 동안 숨이라도 쉬려면 아이를 하나라도 덜어내야 했다. 마침 서울 사는 외사촌 하나가 외동이었는데, 나와 서로 잘 맞았던 그 아이는 내게 여름방학 동안 와서 놀아 주기를 청했다.

배 타고 버스 타고 1박 2일이 걸려 도착한 사촌의 집은 입주한 지 얼마 안 되는 서울 내발산동 주공 아파트로 거실이 있고, 입식 부엌이 있고, 아이 방이 따로 있었다. 이 집에서는 외숙모가 식빵을 우유와 계란에 적셔 마가린에 구운 프렌치토스트를 아침으로 주었다. 그해 여름, 외삼촌은 사촌을 위해 100권짜리 세계명작동화전집을 들였다. 책이 흔해진 지금은 그깟 100권쯤이야 하겠지만 그때 내겐 그렇게 많은 책을 본 일 자체가 경이로웠다.

이것을 한국 출판 역사에서는 1980년을 전후로 불었던 가정방문판매 전집 붐이었다고 기록한다. 금성 에이스문고, 계몽사 소년소녀세계문학전집 등 당시를 주름 잡았던 숱한 전집 이름을 뒤늦게 책에서 보았지만 내가 본 전집이 어느 출판사 것이었는지는 모르겠다. 이 전집의 1번이 바로 오스카 와일드의 『행복한 왕자』였다. 그 책을 펼쳤을 때가 지금도 생생하게 기억난다.

영롱한 원색으로 치장한 왕자의 동상이 도시를 내려다보고 있었다. 뾰족한 교회 종탑과 긴 창문의 집이 들어찬 이국의 거리였다. 루비, 사파이어······. 난생처음 들어 본 보석 이름들을 소리 내어 읽으면서 그 왕자의 동상이 서 있는 도시를 상상해 보았다. 오가던 마을 사람들은 왕자의 동상에 눈길에 닿을 때마다 세상에서 가장 행복한 왕자라고 말한다. 하지만 왕자의 얼굴은 슬퍼 보인다.

그러던 어느 날, 제비가 우연히 찾아온다. 갈대에게 실연당하고 겨울을 보내기 위해 이집트로 가던 길에 왕자의 동상에 머물게 된 제비는 왕자의 사연을 듣는다. 왕자는 매일 밤 마을을 굽어보는데, 왕자의 눈엔 사정이 딱한 사람들만 보인다. 아픈 아이를 눕혀 놓고 공주의 시녀 옷을 짓느라 밤새 일을 하는 여인, 땔감이 없어 찬 손을 불어 가며 희곡을 쓰는 배고픈 작가, 성냥을 개울에 빠트려 집에 빈손으로 갈 걱정을 하는 성냥팔이 소녀, 굶주린 채 쫓겨 다니는 어린 아이들. 왕자의 슬픔은 그런 사람들에게서 온다.

모두를 내려다보는 높은 자리에서 화려하게 치장한 채 서 있는 왕자가 느낀 감정은 죄책감이었을까, 책임감이었을까 아니면 그저 연민이었을까? 제비는 갈 길을 늦춰 가며 왕자의 부탁을 들어준다. 왕자의 칼자루에 박힌 루비를 뽑아다 밤늦게까지 재봉질을 하는 여인에게 건네고, 날갯짓으로 아픈 아이의 열을 식힌 다음 돌아온 후에도 제비는 왕자를 떠나지 못한다. 제비는 말한다. "따뜻했어. 추운데 따뜻했어." 왕자가 답한다. "네가 착한 일을 해서 그래."

그것보다 더 내 마음에 오래 남은 건 제비가 왕자 어깨 위에서 이야기를 들려주던 장면이었다. 사파이어로 된 두 눈까지 내주고 장님이 된 왕자 곁에서 제비는 매일 먼 나라 이야기를 들려준다. 나일 강가의 새들, 세상 모든 일을 알고 있던 사막 한가운데의 스핑크스, 커다란 호수에서 나뭇잎을 타고 다니던 난쟁이들. 하지만 왕자는 가까이에 사는 고통받는 사람들의 이야기를 들려 달라고 한다. 제비가 도시를 돌아다니며 본 가난한 사람들 이야기를 해 주면 왕자는 자기 몸을 덮은 황금 조각까지 내준다. 제비는 끝내 왕자 곁에서 숨을 거둔다. 이 장면을 읽을 때마다 눈물이 났다.

보석과 금이 모두 벗겨져 흉물로 변해 버린 왕자를 녹여 누구의 동상을 만들지 하며 싸우는 사람들은 한심했지만 용광로 속에서도 끝내 녹지 않은 왕자의 납 심장이 죽은 제비와 함께 하느님에게 간 것은 참 좋았다. 처음 읽었을 때는 아직 어린아이였으니 이게 다 무슨 말인지 잘 몰랐다. 먼 나라의 신기한 이야기와 가난하고 불쌍한 사람들, 그들을 돕는 마음 착한 제비와 왕자, 그 둘의 아름다운 우정, 그런 것만 기억난다.

『행복한 왕자』와 그 책을 둘러싼 기억들 덕분에 내게 독서는 마가린 향이 밴 프렌치토스트, 하얀 레이스 커튼이 방마다 걸린 깔끔한 아파트, 높고 긴 창문이 달린 이국의 건물, 알록달록하고 반짝거리는 보석과 황금, 먼 나라의 신기한 이야기, 가난한 이를 돕는 착한 마음이다. 그것들은 모두 좋고 아름답다. 부드럽고 폭신하고 달콤한 맛, 빛나고 아련한 사물들, 슬프지만 결국 행복해지는 착한 사람들. 내게 책은 그런 동경의 결정체였다.

나는 외사촌 집에 있던 여름방학 동안 100권을 다 읽어 버렸다. 다른 책은 하나도 기억이 나지 않는다. 40번대에 있었던 『마더구우즈 동화』만 기억나는데, "이 세상이 커다란 만두라면"으로 시작하는 황당하기 그지없는 이야기였다. 이 경험은 나를 조금 다른 사람으로 만들어 주었다. 책을 읽는 동안 나는 시시한 현실에서 벗어날 수 있었다. 더 이상 나랑 놀아 주지 않는 친구들이 원망스럽지 않았다.

책을 읽는 동안은 혼자서도 심심하거나 외롭지 않다는 것을 알았다. 애들이 못되게 굴어도 나는 너희와 다른 사람

이야, 너흰 이런 걸 모르겠지 하면서 코웃음을 칠 줄도 알게되었다. 섬으로 돌아가서 게 낚시를 더 다녔는지는 기억나지 않는다. 책을 구할 수 없었으니 더 읽을 수도 없었다. 그래도 『행복한 왕자』를 생각하면 '혼자라도 괜찮아'라고 생각할 수 있었다. 그게 얼마나 큰 위로였는지 모른다.

바스커빌 가문의 개

'셜록 홈스 때문에 편집자가 되었다'라고 하면 거짓말이지만 셜록 홈스가 편집자가 되는 데 영향을 미쳤다고 쓰면 대충 맞는 말이다. 홈스 덕분에 책을 좋아하게 되었고, 그 덕에 하게 된 여러 가지 경험으로 인해 결국 편집자가 되었으니까. 출판 동네에서는 유난히 셜록 홈스를 읽고 책의 재미를 알았다는 사람이 많다. 책과 함께 붙어 다니며 재미와 혼동되는 '유익' 말고 진짜 '재미' 말이다. 읽는 동안 눈을 뗄 수 없고 가슴이 조마조마해지며 어서 끝을 보고 싶어 먹는 것도 자는 것도 미루며 안달하게 되는 그런 것.

『워싱턴 포스트』에서 삼십 년 넘게 서평 기자를 하고 있는 마이클 더다는 셜록 홈스를 '덕질'하다가 『코난 도일을 읽는 밤』이라는 책까지 썼는데, 거기에는 '베이커 가 특공대'의 창립자 크리스토퍼 몰리의 이런 일화가 소개되어 있다. 몰리가 볼티모어의 이넉프랫 무료 도서관에서 셜록 홈스 책을 빌려 집까지 가는 동안 딱 한 문단씩만 더 읽기 위해 가로등이 보일 때마다 멈춰 섰다고. 이 대목을 읽었을 때, 학교 도서실에서 교사 앞 벚나무가 드리우는 그림자를 피해 해가 질 때까지 책상을 옮겨 다녔던 기억이 떠올랐다.

이 책을 처음 본 곳은 초등학교 6학년 여름방학이 끝나 가던 어느 날의 섬 학교 도서실이었다. 어쩌다 도서실에 들어갔는지, 어떻게 하다가 그 책을 찾았는지 거의 기억나지 않지만 노란색 테두리에 표지 그림이 이국적인 계림문고판 '명탐정 호움즈' 시리즈는 또렷하게 생각난다. 책을 집에 가져간 기억은 없으니 빌릴 수는 없었나 보다. 나는 학교 수업이 끝나면 담당 선생님도 없이 방치된 도서실에 틀어박히곤 했다. 그 여름이 끝나고 중학교에 진학하려고 뭍으로 전학을 갔으니 그리 길지도 않은 시간이었다.

그때 읽은 홈스 책 가운데 내가 가장 좋아한 것은 『바스커빌 가문의 개』였다. 황량한 다트무어 평원의 을씨년스러운 밤, 바스커빌 가문의 후손 찰스 경이 불가사의한 죽음을 맞는다. 외부에서 공격당한 흔적이 없는 이상한 죽음이었다. 죽음의 원인을 밝히려 주변을 살피다 발견한 것은 그가 쓰러진 곳 몇 발자국 앞에 남은 커다란 개의 발자국. 사람들은 개의 발자국 이야기만으로 공포에 질린다. 선대부터 전해 내려오는 전설 때문이었다. 잔인하고 사악했던 조상 휴고가 동네 처녀를 납치했다가 지옥에서 온 개에게 목숨을 잃었다는 이야기는 이 가문의 수치이자 원죄이고 경고였다.

그 후 바스커빌 가문 사람들은 친인척이 갑작스럽게 목숨을 잃거나 사고사를 당하면 조상의 악덕이 가져온 저주라고 굳게 믿었다. 속죄하는 마음으로 몸을 삼가며 공동체에 기여하는 삶을 살았으면서도 찰스 경은 그 오랜 저주에서 벗어나지 못해 개를 보았다는 믿음만으로 죽음에 이르렀던 것이다. 찰스 경의 주치의이자 유언 집행인이었던 모티머 박사는 죽기 전까지 불안에 떨던 찰스 경을 생각하며 새로 올 가문의 후계자 헨리의 안위를 걱정한다. 그가 홈스에게 이 이상한 죽음을 해결해 달라고 찾아온 이유다.

기괴한 전설, 자기 암시로 죽은 사람, 실체 없는 두려움에 떨고 있는 사람들. 이 문제를 도대체 어떻게 해결할 수 있을까? 그런데 홈스가 이 문제들에 엮인 논리의 고리들

출판계에서는 명탐정 홈스 시리즈를 읽고 책을 좋아하게 된 사람을
많이 만날 수 있다. 코난 도일을 읽은 개인적인 경험을 담은 『코난
도일을 읽는 밤』은 서평가 마이클 더다의 작품이고, 셜록 홈스의
모든 것을 꼼꼼히 연구한 『셜록 홈즈의 세계』의 저자 마틴 피도는
옥스퍼드판 셜록 홈스 시리즈 편집자의 제자다. 전형적인 홈스풍의
탐정소설로 홈스에 대한 애정을 숨기지 않은 책은 『점성술 살인사건』
외에도 많다.

을 하나씩 풀어 가며 마침내 사건을 해결한다. "그래서 범인은……" 하고 범인을 지목하면서 끝나는 탐정소설의 통쾌는 불의가 처벌되고 정의가 승리해서가 아니라 이렇게까지 이상한 모든 일을 논리적으로 설명할 수 있다는 데서 왔다. 나를 매혹한 것은 설명할 수 있는 삶과 세계에 대한 믿음이었던 셈이다.

그게 전부는 아니었다. 명쾌하게 해결된 사건보다 더 오래 마음에 남은 건 잡을 수 없었던 범인들에 관한 이야기였다. 지금은 제목도 기억나지 않는 어떤 단편에서는 홈스가 모든 문제를 해결하지만 범인은 배를 타고 유유히 떠난다. 그런데 그 후 그가 탄 배가 난파했다는 소식이 전해진다. 배의 이름이 새겨진 나무 조각이 둥둥 떠다니는 것을 보았다는 지인의 말이 유언비어처럼 붙은 채 끝난 이야기는 '결국 벌을 받았군, 역시 세상은 공정해' 하는 안심을 주기보다 아이러니를 느끼게 했다.

게다가 좋은 편이든 나쁜 편이든 모든 사건의 배후에 자리 잡은 인간의 복잡함은 선이나 정의, 절대 악 같은 거대한 이상으로 수렴되지 않았다. 그래서 나는 홈스의 이야기에서 살인을 저지른 인간이 나와 전혀 다른, 처음부터 나쁜 인간이라고 생각할 수 없었다. 책 속의 악당들은 어떤 면에서는 모두 나 같기도 했다. 그들이 살인을 저지른 것은 마음 속에 악마가 있어서가 아니라 인간이라면 누구나 갖고 있는 질투, 분노, 편견, 이기심, 탐욕 같은 작은 악덕 때문이었으 니까.

홈스라는 캐릭터의 매력은 말해 무엇할까? 세상만사에 무관심하고 평소에는 무기력하며 인간에 대한 믿음이라고 는 전혀 없는 마약중독자 탐정은 열정적인 정의의 수호자라 기보다 많이 배운 덕에 세상만사에 냉소적인 백수 이웃 아 저씨 같았다. 그는 어린아이인 우리와도 친구가 될 수 있는 사람이어서 괴도 뤼팽과도 달랐다. 뤼팽과 홈스 모두 내가 될 수 없는 종류의 인간임에는 틀림없지만 뤼팽보다는 홈스 가 더 만만해 보였다. 그 작은 도서실을 떠나 더 많은 책을 읽을 수 있게 된 후에도 내 추리소설 사랑은 사그라들지 않 았다.

그리고 추리소설 동네에 여전히 남아 있는 홈스의 흔적 을 발견하면 '어머, 당신도?' 하는 친근함마저 느꼈다. 일본 작가 시마다 소지가 전형적인 홈스식 구성으로 쓴 추리소설 『점성술 살인사건』에서 홈스의 여장을 비웃는 대목을 보고 는 얼마나 웃었는지 모른다. 키가 190센티미터에 육박하는 양산 쓴 할머니라니……. 그걸 보니 그제야 코난 도일의 허풍을 실감할 수 있었다. 왓슨이 번번이 홈스의 변장을 알아채지 못하고 놀란 시늉을 하는 건 홈스 이야기를 써서 먹고 사는 사람의 비애였을 거라는 말에도 전적으로 동의하게 된다.

그럼 홈스가 싫으냐는 친구의 말에 주인공은 이렇게 대꾸한다. "누가 그렇대? 완전무결한 컴퓨터에 우리가 무슨 볼일이 있어? 내가 매력을 느끼는 것은 인간이야. 기계를 흉내 내는 부분이 아니야. 그런 의미에서는 그 사람만큼 사람 냄새 나는 사람은 없어. 그 사람이야말로 내가 이 세상에서 가장 좋아하는 타입의 인간이야. 나는 그 선생이 정말 좋아"라고. "허풍쟁이에 교양 없고, 코카인 중독, 망상벽, 현실과 환상의 구별을 못하는, 매력이 철철 넘치는 그 영국인!" 바로 내가 사랑한 홈스다.

코난 도일이 쓴 홈스 시리즈를 읽고 편집자가 된 사람은 많지만 그들 모두 추리소설을 만들지는 않는다. 나도 마찬가지다. 추리소설은 어디까지나 재미로 읽어야 맛이지, 일로 읽으면 제맛이 나나? 하지만 홈스를 읽은 덕분에 그들도 나와 비슷한 마음으로 책을 만들 거라고 생각한다. 아무리 이상한 이야기도 그것을 설명할 수 있다는 믿음과 우리가 상상할 수 있는 그 어떤 이야기보다 기이한 인간의 삶,

양립할 수 없어 보이는 이 두 가지를 계속 들여다보고 탐구
해 보고 싶다는 그런 마음 말이다. 아니면 말고.

한국단편문학전집

고전의 유통 기한은 언제까지일까? 수천 년간 계속 읽히고 매 시대 그 의미가 새롭게 발견되는 책도 있지만 고작 몇 년 만에 평가가 완전히 달라지는 책도 많다. 가끔 중·고교 필독서를 살펴보곤 하는데, 내가 그 나이 때 읽었던 고전이 그대로 실린 경우도 있다. 책은 그 책이 쓰이고 만들어진 시대의 초상을 담으니 그 안에 당연히 한계도 담긴다. 지금의 잣대로 당시 사상이나 성취를 평가한다면 그건 공정하지 않다.

그래도 필독서에 부여되는 권위를 생각하면 책을 읽을 때 긴장이 필요하지 않나 싶다. 얼마 전, 필요한 일이 있어서

'한국단편문학전집'의 단편 몇 편을 읽게 되었다. 중학교 무렵에 읽었던 작품들이니 삼십 년도 전에 읽었던 것이다. 좀 충격을 받았다. 나도향의 단편 「물레방아」에서 주인공 방원이 아내에게 잔혹할 정도의 폭력을 휘두르는 대목이었는데, 이런 부분을 읽은 사람들은 과연 어떤 생각을 하게 될까.

　"방원이가 계집을 치는 것은 그것이 주먹을 가지고 하는 일종의 농담이다. 그는 주먹이나 발길이 계집의 몸에 닿을 때 거기에 얻어맞는 계집의 살이 아픈 것보다 더 찌르르하게 가슴 한복판을 찌르는 아픔을 방원은 깨닫는 것이다. 홧김에 계집을 치는 것이 실상은 자기의 마음을 자기의 이빨로 물어뜯는 것이나 다름이 없는 것이다. 때리는 그에게는 몹시 애처로움이 있고 불쌍함이 있는 것이다. 그러나 자기의 화풀이를 받아 주는 사람은 아직까지도 계집밖에는 없었다. 제일 만만하다는 것보다도 가장 마음 놓고 화풀이를 할 수 있음이다. 싸움한 뒤, 하루가 못 되어 두 사람이 베개를 나란히 하고 서로 꼭 끼고 잘 때에는 그렇게 고맙고 그렇게 감격이 일어나는 위안이 또다시 없음이다. 계집을 치고 화풀이를 하고 난 뒤에 다시 가슴을 에는 듯한 후회와 더 뜨거운 포옹으로 위로를 받을 그때에는 두 사람 아니라 방원에게는 그만큼 힘 있고 뜨거운 믿음이 또다시 없는 까닭이다."

　여자를 때리는 것이 농담이고, 사랑의 표현이며, 하루가 못 되어 잠자리를 같이하는 것으로 화해하는 이 과정, 어디서 많이 보고 들은 이야기 아닌가. 한국단편문학전집을 내가 처음 읽은 때는 중학교 2학년 겨울방학 무렵이었다. 오빠가 며칠 전 학교에서 사 온 책이었는데, 학교에 온 외판원이 고등학생이라면 반드시 읽어야 한다고 했단다. 세로 조판의 하드커버 '한국단편문학전집' 열 권이었다. 1980년대 중반, 가로 조판으로 책을 바꾸면서 재고를 정리하려던 것이었으리라.

　세로로 쓰인 책이라 처음에는 읽는 데 어려움이 많았다. 자꾸 같은 줄을 읽게 돼 한 쪽을 넘기기도 힘들었다. 읽다가 재미가 없으면 다른 소설로 넘어가곤 했는데, 이때 읽은 작품들이 「물레방아」를 비롯해 「뽕」, 「감자」, 「백치 아다다」, 「벙어리 삼룡이」 같은 작품이었다. 호기심 많은 사춘기 소녀가 어른들의 음침한 세계를 엿보는 재미가 쏠쏠했지만 소설에 나오는 여성들에 대해서는 이상한 감정이 남았다.

　이들은 연민이 필요한 사람인데, 이 작품들에서는 모두 비극의 원흉인가. 거의 모든 소설이 그랬다. 김동인의 「감자」에서 여자 주인공 복녀는 양반집에 태어나 좋은 교육을 받고 자랐지만 집안이 몰락하자 몇 푼의 돈에 나이 많은 남자에게 시집온다. 늙고 무능한 남편은 있는 돈을 다 털어먹어 빈민굴에 나앉고 그나마 젊은 복녀가 날품을 팔아 먹고 산다. 그러던 어느 날, 복녀는 일하는 곳의 관리자에게 강간을 당하고 그 대가로 돈을 받는다. 그 후 복녀는 곤란한 상황에 처하거나 돈이 필요할 때마다 그런 식으로 문제를 해결한다.

나도향의 「뽕」도 내용이 거의 흡사하다. 여자 주인공 안협집은 참외 한 알 때문에 어릴 때 겁탈을 당한 후 돈만 주면 누구라도 상관없다는 식으로 몸을 팔며 살아간다. 노름꾼 남편은 알고도 모른 척한다. 「물레방아」에서는 남의 집살이를 하는 방원이라는 남자의 아내가 그렇다. 그 아내는 이름조차 없어서 처음부터 끝까지 계집이라고만 불리는데, 아들만 낳아 주면 무엇이든 해 주겠다는 집 주인 남자의 꾐에 넘어가 주인과 물레방아에서 밀회를 나눈다.

결국 소설 속의 주인공들은 모두 비극적 파국에 이르고 그런 결과를 가져온 것은 전부 여성 개인의 부도덕한 정조 관념 때문이다. 당시에는 어려서 그냥 소설에 나오는 남자들은 왜 다 이런가, 가난한 남자는 여자를 때리고 돈 있는 남자는 여자를 강간하는 걸까 하고만 생각했다. 소설 속 무능한 남자들은 아무리 못되게 굴어도 착하다고 동정받는 거 같은데, 여자들은 왜 모든 사태를 만드는 원흉이 되는 걸까, 의아하기만 했다.

지금 소설을 다시 보니 모든 게 선명해진다. 아무리 시대 상황이 엄혹했다 하더라도 여성과 남성에 대한 인식이 달랐던 거다. 그들 모두 계급 사회와 자본주의 사회에서 온갖 모순에 시달리지만 남성은 구조의 희생양이자 불쌍하고 가여운 존재로 넘치는 이해와 연민을 받고, 여성은 사회와 가부장제라는 이중 착취에 시달리면서도 그저 도덕적으로 문란한 여자라고 비난받으며 폭행을 당하면서도 그게 사랑이라는 말을 들어야 했던 것이다.

이 작품들이 내게 영향을 주었을까? 인과 관계를 밝히기는 어렵겠지만 여성이 되어 가던 와중에 이런 소설들을 읽었다는 건 비극이었다. 내가 여자인 것이 싫어졌기 때문이다. 짧은 머리에 늘 바지만 입고 다니던 내게 어른들은 '여자가 여자 같아야지' 하며 여성스러움을 주문했지만 나는 그게 싫었다. 소설 속에 그려진 여성스러움은 부도덕하고 성적으로 타락한 여자의 표시 같았다.

나의 욕망이나 여성스러움을 드러내면 나도 비극의 주

인공이 될 것만 같았다. 내게 여성스러울 것을 요구하면서도 정작 여성성을 드러내면 돌아올 비난을 짐작하기란 어렵지 않았다. 그래서 여성임이 그토록 겁났던 것이다. 몇십 년이 지난 지금도 전혀 변하지 않았다. 강간이나 성추행을 당한 여성이 밤늦게 술 취한 상태였다는 이유로, 옷차림이 조신하지 않았다는 이유로 도리어 비난의 대상이 되는 일은 너무 흔하다.

여성으로 태어나 여성이 되는 자연스럽고 멋진 경험을 스스로 허락하지 못한 것이 '한국단편문학전집' 때문만은 아니겠지만 나는 아직도 이 소설들이 중·고등학교 필독서일까 봐 겁이 난다. 아들을 둘이나 낳아 키워 보니 아들의 사춘기는 여성이었던 내가 겪은 사춘기와는 완전히 달랐다. 아들의 사춘기는 남자가 된다는 것에 대한 망설임이나 부끄러움 같은 게 없었다. 소녀들이 이런 당당함을 갖는 건 어려운 일일까?

자각하면 더 많이 보인다. 지난해 영화 『시카리오: 암살자들의 도시』를 볼 때였다. 이 영화는 여러모로 훌륭한 영화였는데, 영화를 보는 내내 마음 졸이는 나 자신을 깨닫고 약간 허탈함을 느꼈다. 이 영화의 여자 주인공은 미국연방수사국FBI 요원으로 멕시코 범죄 집단과 연결된 사건을 미국중앙정보국CIA과 함께 수사 중이다. 나는 주인공 케이트가 함께 일할 사람으로 CIA 남성 요원들에게 소개되었을 때, 여자를 우리 작전에 넣다니 우릴 무시하는 거냐는 반응이 나올까 두려웠고, 작전이 벌어지는 긴박한 순간에 실수를 저지르거나 감정적인 행동을 해서 다른 남자들을 위험에 빠뜨릴까 봐 긴장했다. 한국에서 제작된 영화는 대부분 그랬기 때문이다. 영화가 끝날 때까지 그런 장면이 단 한 번도 나오지 않았다는 점에 안도하면서도 놀랐다.

나는 소녀들을 위한 필독서 목록이 만들어지면 좋겠다고 바란다. 여성이라서 못할 일은 아무것도 없으며, 여성이 된다는 게 얼마나 멋진 일인지 알려 주는 그런 책을 더 많이 만날 수 있다면 당당한 여성이 훨씬 더 많아질 테니까.

팝 PM 2:00

줄리언 반스의 『예감은 틀리지 않는다』라는 소설에는
이런 구절이 나온다. "나는 한순간도 그녀가 그 책들을 다
읽진 않았을 거라고 의심하거나 그것들이 소장 가치가 있는
책일까를 두고 의문을 제기하진 않았다. 더 나아가서 그 책
들은 그녀의 마음과 성격의 연장선인 듯 여겨졌다. 반면에
나의 책들은 나와는 기능적으로 분리된 것으로, 내가 장차
본받으려는 특성을 각인시키기 위해 압박을 가하고 있는 듯
느껴졌다."

전체 소설과는 상관없는 부분이었지만 이 대목을 읽
고도 나는 두 캐릭터를 선명하게 이해할 수 있었다. 여기의

43

'나'가 바로 나이기 때문이다. 읽은 책뿐 아니라 서가의 취향으로도 인간의 유형을 나눌 수 있는데, 이 문장이 대표적인 두 유형을 보여 준다. 어떤 사람의 서가는 그 책들이 모두 그 사람의 연장인 듯한 느낌이 드는가 하면, 어떤 사람의 서가는 그의 성격과 마음이 서가의 책과 분리되어 오로지 그의 지향을 보여 준다.

당연한 얘기지만 책에도 취향이 반영된다. 취향은 그 분야에서 어느 정도 소비를 해야 비로소 생겨난다. 어떤 것에 끌리는 경향이야 타고날 수 있지만 세밀한 취향은 절대 소비량을 바탕으로 만들어진다. 취향은 자본주의적이고, 개인과 도시의 탄생과 밀접하게 연관되어 있다.

나는 촌년이다. 진짜 촌년도 아니고 뜨내기 촌년이었다. 서해의 섬이나 경기도 변두리 학교를 떠돌아다닌 나는 거기서 만난 아이들처럼 놀긴 했지만 그렇다고 완전히 섞인 것도 아니었다. 여름 섬에서는 엉터리 낚싯대를 가지고 놀고, 가을 촌에서는 친구네 논 가장자리 원두막에 매달린 깡통을 두드려 참새를 쫓으며 놀았다. 겨울이면 땔감을 찾아 야산을 돌아다니며 마른 솔잎과 마른 나뭇가지를 모았지만 그저 흉내일 뿐이었다.

마음 한편에 난 그 아이들과 다르다는 생각을 갖고 있

었다. 그게 때로는 우쭐했고 때로는 서글펐다. 중학교 입학을 앞두고 인천에 정착했을 때 친구들이 만화를 읽고 영화를 보는 것에 문화 충격을 받았다. 친구들이 전날 극장에서 본 영화나 만화방에서 본 만화에 대해 이러니저러니 이야기를 나누면 기가 죽었다. 초등학교 육 년을 통틀어 영화라곤 밤에만 상영되던 시골 장터 천막 극장에서 본 『월하의 공동묘지』, 딱 한 편뿐이다.

시어머니에게 구박받다가 원통하게 죽은 며느리가 원한에 찬 귀신이 되어 복수를 하는 내용이었다. 흙무덤이 쩍 갈라지고 귀신이 나오는데, 옷에 흙 한 톨 안 묻은 소복 차림이라든가, 요즘 보면 어설프기 짝이 없는 영화였지만 그때의 분위기만큼은 기억난다. 엄마, 아빠도 없이 오빠와 동생, 나 셋이서만 영화가 끝난 시골의 텅 빈 밤거리를 걸어 집에 올 때는 무섭기보다 이상하게 홀가분했다.

음악도 마찬가지였다. 클래식이란 것을 들어 본 적도 없었다. 초등학교 6학년 때, 섬에서 몇 달 피아노를 배우러 다닌 적이 있긴 했다. 신학대 출신으로 교회 반주자였던 피아노 선생님은 그 섬 최고 엘리트셨는데, 본업으로 기름을 팔았다. 오토바이에 넣는 휘발유나 난로에 넣는 등유를 파느라 굳은살이 박이고 마디마디 갈라진 손가락에는 검은 기름때가 끼어 있었다. 건반 위를 날렵하게 오가는 길고 하얀 손가락이라는 환상은 와장창 깨졌다.

초등학교 6학년 때까지 학교에서 썼던 그림 재료는 오로지 크레파스 하나였다. 그림물감이라고는 포스터 물감밖에 써 보지 못한 내게 미술 소양이란 어불성설이었다. 명화 한 점 구경해 본 적이 없었고 라디오가 베풀어 줬다는 대중음악의 세례도 나에겐 다른 나라 사람 이야기였다. 피아노 학원과 미술 학원을 다니고 극장을 드나들며 라디오를 듣던 도시 친구들은 내게 좌절감을 안겨 주었다.

그러던 어느 날 책 한 권을 얻었다. 일러스트 하나 없는 시크한 까만색 표지에 제법 두께가 있는 책이었다. 어디서 어떻게 얻었는지는 생각나지 않는데, 아마 오빠가 어디서 얻어 온 것이 아니었을까 싶다. 하여튼 그 까만 책은 나를 새로운 세계로 인도해 주었다. 『팝 PM 2:00』라는 제호의 그 책은 팝송을 소개하는 라디오 프로그램에서 한 달에 두 번씩 무료 배포했던 책자의 내용을 뽑아 10주년을 기념해 엮은 것이었다.

팝송과 팝 가수가 주요 소재였지만 노래는 모른 채 오로지 책을 통해서 짐작만 해 볼 수 있었다. 그 책의 많은 부분은 팝의 전설 비틀스에 관한 것이었다. 비틀스가 어떻게

46

결성되었고, 어떤 노래를 발표했고, 공연마다 어떤 에피소드가 있었는지 소개했다. 특히 비틀스 멤버 존 레넌에 대한 애정이 넘쳤다. 1980년대 중반이었으니 존 레넌이 죽은 지 얼마 지나지 않아서 더 그랬을 것이다.

나이 마흔에 열성 팬에게 피살됨으로써 존 레넌은 신격화됐다. 사춘기를 통과하던 여중생에게 나이 스물에 세계적 밴드의 일원이었다가 반전평화주의자로 변신하고 전위예술가와 재혼하는 등 파격적인 행보를 보인 존 레넌은 영웅이 되기에 충분했다. 어찌나 마르고 닳도록 읽었는지 존 레넌에 대해서라면 뭐든 말할 수 있었다. 그 책에는 착취당하는 암소를 빗대 자본주의 사회를 비판한 레넌의 시가 암소 실사 사진과 함께 실려 있었는데, 요즘 말로 '아스트랄'했다.

지금도 이상한 건, 이렇게 마르고 닳도록 그 책을 읽었으면서도 김기덕이 진행하는 라디오 프로그램은 한 번도 들어 보지 못했다는 거다. 존 레넌의 「이매진」Imagine이나 「러브」Love도 가사는 알았지만 실제 노래는 고등학생이 되어서야 들었다. 한 번도 들어 본 적 없는 노래와 밴드, 그에 얽힌 에피소드를 친구들에게 떠들었다. 내게 이 책은 다른 아이들이 직접적인 경험을 통해 알았던 것을 알게 해 주었다.

어떤 사람에게는 그것만이 유일하고 가능한 경험일 때

가 있다. 당시 나에게 책은 다른 미디어에 비해 접근하기 쉬웠고 보답이 컸다. 내가 팝 음악의 역사와 밴드들의 에피소드로 잘난 척할 때 아이들은 모두 사심 없이 경탄해 주었다. 내가 그 밴드들의 음악을 한 번도 들어 본 적이 없는지는 아마 꿈에도 몰랐을 것이다. 내가 책을 좋아하게 된 것은 아마 그래서일 것이다.

아주 어릴 때부터 세련된 취향을 단련해 온 사람들을 보면 부러웠다. 자기 취향에 따라 입장과 호오가 분명한 사람들을 보면 존경스러웠다. 재기발랄하고 분명한 취향을 가진 사람들을 만나면 위축되었다. 다른 사람이 다 칭찬하는 것을 보고 내가 아무것도 느끼지 못할까 봐, 내가 느낀 것을 다른 사람들이 비웃을까 봐 두려웠다. 내 마음을 직접 건드린 음악도, 그림도, 영화도 어떤 것도 아직 경험해 보지 못했기 때문이다.

주눅 든 내게 책은 유일한 피난처가 되어 주었다. 더 많은 것을 알고 싶었다. 알기 전에는 직관적으로 좋다고 느껴도 판단을 유보했다. 무색무취의 모호한 인간이 되어 갔다. 그런데 책을 만들면서 이 열등감은 좋은 쪽으로 작용했다. 잘 모르는 것에 관대했고, 다양한 취향에 포용하는 태도를 취할 수 있었다. 섣불리 호오를 정하지 않았다. 윤리적인 판단을 제외하고 절대 안 되는 건 없었다. 잘 모르니까 이것도 재미있고 저것도 재미있었다.

　세상에는 넓고 얕게 보는 책도 필요하다. 물론 그 하나로 모든 걸 알았다고 끝내게 하면 안 되고(책을 단 한 권만 읽은 사람이 세상에서 제일 무섭다!) 더 깊은 세계로 건너갈 수 있도록 도와주어야 한다. 나는 그런 책들의 필요를 어느 누구보다 깊이 공감한다. 허영이면 어떻고 가짜면 어떤가? 아직 찾는 중인데.『팝 PM 2:00』가 내게 해 주었던 일을 내가 만든 책이 누군가에게 해 주었으면 좋겠다. 그래도 책을 읽고 나면 존 레넌은 직접 듣는 걸로.

나의 라임 오렌지 나무

중·고등학교에서 권장하는 필독서는 대체로 재미가 없다. 뻔한 교훈이 분칠되어 있거나 가까운 사람에게 거의 학대에 가까운 일을 당하는 아이가 주인공이어서(어른들은 왜 이런 책들을 아이들에게 권하는 것일까? 늘 의문이다) 읽는 이의 죄책감을 자극하기도 한다. 하지만 그때가 지나면 다시는 읽을 수 없는 책도 있다. 나에게는 『나의 라임 오렌지 나무』가 그런 책이다.

중학교 진학을 위해 섬에서 나왔다. 먼저 중학생이 된 오빠와 함께 인천에 살던 이모 집에서 하숙을 했다. 중3이 된 오빠와 중1 여동생은 서로에게 거의 외계인이나 마찬가지였고, 이모는 엄마보다 열 살이나 많았다. 사촌 언니들은 이미 사회인이었다. 나는 혼자 자라야 했다. 아무도 나를 이해해 주는 사람이 없다는 생각은 자기 연민이 되었고, 그에 대한 보상처럼 자아가 비대해졌다. 사춘기가 오고 있었다.

나는 어느 구석으로든 주목을 받기 어려운 아이였다. 성적이나 다른 재능이 뛰어나지도, 외모가 눈에 띄지도 않았고, 하다못해 치맛바람을 일으켜 줄 엄마도 없었다. 시골 학교에서야 아버지가 실내에서 일하며 다달이 월급을 받는 공무원이라는 것만도 굉장한 후광이었지만 도시는 그렇지 않았다. 이런 아이들은 대개 짝사랑의 대가가 된다. 그 국어 선생님이 그렇게 좋았던 건 점잖고 친절한 남자 어른에 대한 갈망 때문이었다.

항상 머리카락 한 올 흐트러짐 없이 8:2 가르마에 옛날식으로 기름을 바르셨고, 복장은 넥타이에 양복을 고수하셨다. 이런 반듯함이 신뢰를 주었다. 희끗해진 머리를 굳이 염색하지 않으셨고 키는 크지 않지만 체격이 적당하고 이목구비가 선명한 미남이었다. 믿거나 말거나. 다른 친구들이 대학을 졸업하고 갓 부임한 장발의 총각 선생님을 좋아할 때 나는 쉰이 넘은 국어 선생님이 좋았으니, 내 취향이란.

선생님 눈에 띄고 싶어서 얼마나 수업 시간에 열심이었

는지 모른다. 그때는 중학교 국어책이 작문, 문법 등으로 나뉘어 있었는데, 한 단원이 끝날 때면 단원 정리와 함께 작문 과제가 있었다. 참고서에 예시 답안 같은 게 있어 아이들은 그것을 베껴 오거나 아예 안 해 오곤 했다. 나는 그 숙제를 늘 열심히 해 갔다. 선생님께서 수업 시간에 "해 온 사람" 하시면, 손을 번쩍 들었다.

숙제를 해 오는 아이들이 별로 없었으므로 기회를 얻는 건 어려운 일이 아니었다. 작문 숙제는 선생님께 내 존재감을 뽐낼 수 있는 거의 유일한 시간이었다. 그렇게까지 하는 학생을 모르실 리는 없겠지만, 특별히 따로 알은체를 하시는 일은 없었다. 그러던 중학교 3학년 여름방학을 앞둔 어느 날, 선생님께서 나를 교무실로 부르셨다.

떨리는 마음으로 교무실에 가 보았더니 여름방학에 중앙도서관에서 열리는 '도서관 학교'에 가라고 하셨다. 인천 시내 각 중학교에서 뽑아 보낸 아이들이 방학 중 열흘 동안 도서관으로 출퇴근하며 추천 도서를 읽고 독후감을 써내는 행사였다. 학교마다 각 학년에 딱 한 명을 뽑아 보내는 거였고, 기준이라는 게 따로 없어서 대개 공부 잘하는 아이들에게 주어지던 기회였다.

그때는 '스펙'이니 뭐니 하는 게 없던 시절이었으니까

그다지 경쟁이 치열한 자리는 아니었지만 다름 아닌 그 선생님께서 나를 콕 집어 추천하셨다는 게 그렇게 뿌듯할 수가 없었다. 그 열흘은 참 오랫동안 기억에 남았다. 당시만 해도 중학교부터 남녀가 분리되어 진학했기 때문에(남녀 공학 고등학교도 내가 고등학교에 진학할 무렵 처음 생겼다) 교회 같은 곳이 아니면 공식적으로 남녀 학생이 어울릴 수 있는 자리가 드물었다. 어쩌면 나만 모르는 다른 경로가 있었을지 모르겠지만 내가 아는 선에서는 그렇다.

도서관 학교에서는 책을 읽는 한편으로 남녀 학생들이 모여 포크 댄스를 추는 프로그램 같은 것도 있어서 간혹 연애 사건이 벌어지기도 했다. 이렇게 쓰고 보니 꼭 일제 시대 이야기 같다. 남학생에게 전혀 관심이 없지는 않았지만 외모로 남자의 관심을 끌 만하지 않은 소녀에게는 도도한 체념이라는 게 있다. 열심히 책이나 읽는 수밖에. 우리는 오래된 종이 냄새가 떠도는 강의실에서 책을 읽었다. 추천 도서가 어떤 것이었는지는 기억나지 않지만 '인천중앙도서관'이라고 작은 글씨가 찍힌 초록색 줄의 갱지 원고지에 연필로 독후감을 썼던 기억만큼은 선명하다. 두꺼운 원고지 뭉치가 강의실 앞 책상 위에 쌓여 있었는데, 종이를 가져가는 게 좋아서 틀리지도 않았는데 자꾸 집어 왔다.

도서관 학교가 끝나던 날 독후감 시상식에서 상을 받았다. 장려상 정도의 작은 상이기는 해도 학교가 아닌 다른 곳에서 처음 인정받은 경험이라 각별했다. 거기 함께 갔던 우리 학교 2학년 아이가 상을 받지 못했다고 하도 속상해하기에 내 상을 대신 줄까 망설였으니 상 자체는 대단치 않게 생각했던 것 같다. 상을 받았다고 특별한 격려나 축하를 해 주는 사람은 없었지만 나를 추천해 주신 선생님께 면목이 섰다 싶어서 뿌듯했다.

무조건 나를 믿어 주는 한 사람. 때로는 그것이 삶을 바꾼다. 나를 도서관 학교에 추천해 주셨던 국어 선생님, 중학교 2학년 때 담임이셨던 생물 선생님이 그걸 알게 해 주었다. 중학교 2학년 때 담임 선생님은 아무 존재감이 없던 나를, 나도 없는 자리에서 당신이 직접 추천해서 작은 학급 임원 자리를 맡게 해 주셨다. 내가 그런 일을 할 수 있을 거라고 믿어 주신 것 자체가 감격이었다.

중학교 때는 오로지 내가 사랑하고 나를 믿어 주는 선생님들께 실망을 드려서는 안 된다는 생각으로 열심히 살았다. 사랑과 믿음은 누군가를 사람으로 자라게 하는 데 정말 중요하다. 어쩌면 거의 전부다. 『나의 라임 오렌지 나무』의 제제에게 뽀르뚜가 아저씨가 그랬던 것처럼. 사람들 마음속

중·고등학교 때는 용돈이 많지 않아서 책을 사는 건 예외 지출이었다.
『나의 라임 오렌지 나무』를 읽고 『유리의 마음』을 직접 샀던 기억이
생생하다. 당시에는 바스콘셀로스의 책이 거의 번역되었지만 지금은
제제 이야기의 연작 느낌인 『햇빛사냥』, 『광란자』만 출간되고 있다.

에는 모두 사랑의 씨앗이 있다. 하지만 그 씨앗을 틔우려면 누군가 필요하다. 사랑은 오로지 받는 것을 통해서만 배울 수 있다.

아이들에게 폭력은 무언가를 망가뜨리고 빼앗아 간다. 자신이 쓸모없으며 잘못 태어난 아이라고 믿게 만든다. 가족에게 심한 매질을 당한 후 제제는 상상의 세계를 모두 잃는다. 상상 속 친구인 라임 오렌지 나무 밍기뉴 혹은 슈르르까도. 그건 제제에게 죽음이나 마찬가지다. 그 아이를 다시 살아나게 한 것은 "난 널 사랑한다. 네가 생각하는 것보다 훨씬 더"라는 말 한마디였다.

하지만 내가 가장 좋아한 말은 사랑하기를 그만두는 것으로 그 사람을 죽일 수 있다는 제제의 말이었다. 착한 아이가 되기 위해 사랑하는 척해야 했던 사람들을 죄책감 없이 언제든 죽일 수 있다는 게 큰 위안이 되었다. 사랑은 사랑과 사랑이 아닌 것을, 우리가 견뎌야 할 것과 그렇지 않은 것을 구별하게 해 준다. 아울러 고통과 슬픔을 이겨 내게 한다. 그 사랑이 아니었으면 제제는 뽀르뚜가를 잃은 슬픔을 감당할 수 없었을 것이다.

철이 든다는 건, 슬픔이나 고통에 무감각해지는 것이 아니라 그걸 받아들이는 것이다. 스승의 날이 돌아올 때마다 선생님들 생각을 한다. 언젠가 꼭 찾아 뵈어야지 하면서도 기억 속의 선생님을 잃고 싶지 않아 두려워한다. 그래도 늘 상상한다. 선생님을 만나면 무슨 말을 할까. 그때 절 믿고 사랑해 주셔서 정말 감사했다고, 그 덕에 제가 조금이라도 괜찮은 사람이 될 수 있었다고 말씀드리고 싶다. 선생님들께서 하신 일이 얼마나 대단한 일이었는지 꼭 알려 드리고 싶다.

어린 왕자

　일주일에 한 번, 작은아들 학교 도서관에서 사서 도우미를 한다. 학교에서 나눠 주는 종이를 한 번도 챙겨 온 적이 없는 아이가 신청서를 내밀기에 엄마가 학교에 와 줬으면 하나 싶어서 얼른 신청했다. 아이의 학교생활도 볼 수 있겠다는 기대도 품었다. 물론 다 헛된 꿈이었다. 첫날, 도서관 사서 선생님이 학부모 사서의 역할과 할 일을 이야기하면서 이런 말씀을 덧붙이셨다.

　"도서관에 오는 아이들은 좀 내성적이고 친구가 없는 경우가 많아요. 애정을 갖고 주의 깊게 살펴 주세요."

　아, 예나 지금이나 같구나. 책은 친구를 잘 못 사귀거나

친구와 나눠 가졌던 열화당판 『어린 왕자』 엽서 세트다. 번역자인
황현산 선생이 한 쪽짜리 글을 썼다. 포장지는 누렇게 바랬지만 엽서는
말짱하다. 도서관은 친구 없는 사춘기 아이들의 성전이고, 이 책은
그 아이들의 경전이었다. 엽서에 적힌 책의 문구들은 기도문 같은
것이었으리라.

친구가 없는 아이들의 유일한 친구다. 그리고 생텍쥐페리의『어린 왕자』는 이런 아이들의 영원한 친구다. 나 역시 한때 이 책을 끼고 살며 밑줄 친 숱한 구절을 친구들에게 적어 보냈다. 평론가나 다른 훌륭한 어른이 어떻게 말하든 나에게『어린 왕자』는 우정에 관한 고전일 뿐이다. 나는 사랑보다 우정을 훨씬 좋아한다. 뜨겁지도 변덕스럽지도 않기 때문이다.

불혹을 한참 넘기고 이제 지천명을 바라보는 나이에도 마음을 요동치게 하는 장면은 늘 같다. 두 소녀 혹은 소년의 모습이다. 텅 빈 버스 맨 뒷자리에 나란히 앉아 심각했다가 깔깔 웃었다가 하면서 귓속말을 나누는 아이들, 점심을 먹고 남은 시간에 학교 운동장 으슥한 나무 그늘에 무릎을 맞대고 앉은 아이들, 사람들로 북적이는 도심 한복판에서 팔짱을 낀 채 오로지 서로에게만 열중하고 있는 아이들.

삶의 어느 순간에 겪어야만 하는 일을 겪지 못한 결핍은 그 시간이 지난다고 사라지거나 다른 걸로 메워지는 것이 아니라 영원히 빈 채로 남는다. 지금까지도 이런 아이들을 보고 마음이 허전해지는 것을 보며 새삼 깨닫는다. 이런 결핍은 종종 삶의 한 부분을 찌그러뜨린다. 사춘기 시절 내내, 친구들의 호기심을 끌고 싶어 특별한 사람인 체했다. 친구가 되고 싶은 아이를 골라 집요하게 편지를 썼다. 책에서 읽은 것, 말도 안 되는 유치한 레토릭으로 범벅이 된 편지였다.

　한창 사춘기였으니 나나 그 아이들이나 그것이 우리만의 특별한 우정이라고 여겼다. 친밀감이 생기면 보통 화장실도 같이 가고, 등·하교도 같이 하고, 밥도 같이 먹고, 모여서 선생님이나 친구들 뒷담화도 하고, 밤샘 시험 공부도 같이 하고, 소소한 나쁜 짓도 함께 하며 비밀을 공유하고, 이런 식으로 발전하는데, 나는 또 그렇게는 안 됐다. 그 와중에도 신비감과 주도권을 계속 유지하고 싶어 했기 때문이다.

　친구들이 그런 우정을 요구하면 나는 그 아이들과 거리를 두었다. 어릴 때부터 착한 아이가 되어야만 사랑받을 수 있다고 생각했기에 너무 가까이에서 있는 그대로의 내 모습을 보면 친구들이 다 나를 떠나고 말 거라고 불안해했던 것 같다. 가까워지려는 아이를 밀쳐 내서 깨진 친구 관계가 한둘이 아니다. 온갖 말로 우정을 맹세했던 친구들과 서먹해질 때마다 내가 우정을 나누는 불완전한 방식에 낙담하곤 했다.

　친구에게 보냈던 그 숱한 편지마다 인용했던 『어린 왕

자』를 어른이 되어 다시 읽는다. 관계에 대한 이야기들에 마음을 찔린다. 세상에 가장 어려운 일은 다른 사람의 마음을 얻는 일. 너의 장미가 네게 그토록 특별한 것은 거기에 들인 시간 때문이라는 말. 자신을 길들여 달라던 여우. 어린 왕자가 오후 네 시에 오기로 했다면 오후 세 시부터 행복해질 거라던 여우의 말. 길들인 후에는 책임을 져야 한다는 말. 정말 중요한 것은 눈에는 보이지 않고 오로지 마음으로만 볼 수 있으며, 사막이 아름다운 것은 어딘가에 우물이 숨어 있기 때문이라는 그 모든 말.

고등학교 때 한 친구와 이런 글귀들이 새겨진 어린 왕자 그림엽서를 나눠 가졌다. 그런 말들이 과연 무슨 뜻인지 나는 알고나 있었을까? 그 친구와 대학을 지나 결혼과 두 아이의 출산 후까지 만남을 이어 왔다. 각자 다른 대학에 진학하고 공부를 진로로 삼은 친구가 학위를 받은 다음 대구에 자리를 잡은 뒤에도 방학이면 만났다. 그런데 언제부터였을까? 우리 둘 사이가 삐걱거리기 시작했다. 서로의 처지가 많이 달라진 후였다. 정치 견해가 벌어지더니 결혼관이 달라지고 아이에 대해서는 나눌 이야기가 없었다.

만날 때마다 어딘지 모르게 불편했다. 이야기는 자꾸 어긋나고 말과 말 사이의 간격이 길어졌다. 또다시 변덕이

발동한 것일까. 스스로 질문하다가 어느 날 친구와 연락을 끊고 말았다. 사춘기를 한참이나 지난 나이에 갑작스럽게 '절교' 선언을 당한 친구는 황당해했다. 우리는 그 오랜 세월 동안 어린 왕자와 여우처럼 서로를 길들이지 못했던 것일까? 서로가 특별한 존재가 될 만큼 시간을 들이지 못했던 것일까? 좋아하는 석양을 보기 위해 기다려야 했는데 너무 성급히 자리를 떠난 것일까?

　내가 잘못한 것이 무엇이었을까? 그 친구와 보낸 긴 세월을 되짚다가 나는 우리가 조금도 자리를 옮기지 않았다는 사실을 깨달았다. 우리는 굳건히 자기 자리를 지키며 서로를 바라보았다. 어린 왕자는 좋아하는 석양을 보려고 하루에도 마흔일곱 번씩 자리를 옮겼는데, 우리는 점점 멀어지고 고도가 달라지는데 조금도 자리를 옮기려는 노력을 하지 않았다. 한참이 지나서야 안정적인 관계가 주는 평화를 알게 되었고, 그 평화를 얻기 위해 무엇을 해야 하는지도 조금 알게 되었다.

　숙명이나 운명처럼 보이는 가족 관계도 실은 우연에서 비롯된 것이다. 삼십 년 가까이 혹은 그 이상 전혀 모르다가 만난 두 사람이 사랑을 하고 결혼을 하고 나머지 세월을 같이하는 신기한 일회적 우연을 견고한 관계로 지속하려면 서로에 대한 이해와 배려, 사랑과 감사와 미안함에 대한 적극적인 표현을 지속해야 한다. 완전히 다른 환경에서 완전히 다른 성격으로 자란 사람들이 어떻게 결혼이라는 의식 하나로 하루아침에 말하지 않아도 눈빛 하나로 다 통하는 일심동체가 된단 말인가.

우정도 마찬가지다. 누군가와 친구가 되는 건 우연이지만 그 우연을 안정된 관계로 바꾸려면 매 순간 서로의 관계를 경신해야 한다. 우리가 살아가는 한 우리의 자리는 끊임없이 바뀌고 우리는 그 자리에서 서로를 바라본다. 단지 인생의 어느 한 시절을 함께 보냈다는 것만으로 좋은 관계는 지속되지 않는다. 한때는 뜨거운 우정에, 또 뜨거운 사랑에 목말랐다. 그래서 이 사람 저 사람에게 추파를 던졌다. 그 사람이 좋아하는 사람으로 나를 꾸미다가 지치면 관계는 깨졌다.

언제 식을지 모르는 뜨거운 관계의 불안이 싫어졌다. 서로를 의식하지 않고도 그들이 있어서, 또 그들에게 내가 있어서 생각만으로도 위로가 되는 그런 관계를 바랐다. 어린 왕자와 나눈 우정 때문에 하늘의 별을 볼 때마다 그를 생각하며 마음이 따뜻해지는 『어린 왕자』의 비행사처럼.

아직도 저물녘에 놀이터 같은 데 나가 있다가 중3이나

고등학생쯤 된 여자아이들이 서로에게 머리를 기울이고 있는 모습을 보면 마음이 울컥한다. 그럴 때마다 학교가 끝나고 하늘은 붉게 물들어 오는데, 멀리 역광 속에서 혼자 땅바닥만 바라보며 타박타박 걸어오는 작은 아이가 되살아나기 때문이다. 그런 생각을 하니, 존재 자체의 불안과 슬픔 가운데서도, 불안하고 변덕스러운 인간관계 속에서도 변함없이 내 옆에 있어 준 모든 분께 새삼 고맙다. 아울러 내가 상처준 모든 분께 용서를 구한다.

고요한 돈 강

1990년대 초반 대학가에서는 현대 러시아 작가의 책이 인기였다. 도스토옙스키나 톨스토이 같은 고전 작가보다 막심 고리키나 니콜라이 체르니셉스키, 니콜라이 오스트롭스키 같은 동시대 작가가 관심을 한 몸에 받았다. 이들 말고도 지금 같으면 인지도나 문학사적 의미 차원에서 출간의 기회를 얻지 못했을 책도 고리키나 체르니셉스키와 같은 시대의 작가라는 이유로 번역이 되곤 했다. 제목도 『무엇을 할 것인가』, 『강철은 어떻게 단련되었는가』처럼 비장했다.

인기가 좀 있다 싶으면 어느 분야든 이른바 '발굴'이 이뤄진다. 출판에서도 어떤 계기로든 붐이 불면 작가나 작품

1990년대 대학교 앞마다 있었던 사회과학 전문 서점에서는 러시아
현대 문학이 인기였다. 존경하던 동양철학과 교수님을 따라
학교 앞 다락방 서점에 들어갔다가 그분이 산 책을 골랐다. 러시아
문학을 적극적으로 소개하던 열린책들에서 현대 러시아 소설이
많이 출간되었는데, 『무엇을 할 것인가』는 아직도 출간되고 있지만
알렉산드르 게르첸의 『누구의 죄인가』는 절판 상태다.

의 범위가 넓어지고 그 두께가 고스란히 힘이 된다. 러시아 현대 문학 열풍 덕분에 당시 인기 높았던 막심 고리키는 『어머니』나 '~시절 시리즈' 같은 대표작이 아닌 『끌림 쌈긴의 생애』 같은 책까지 번역되었다. 그뿐인가. 중앙일보사에서는 소비에트 연방이 해체되기 전 동유럽 작품까지 아우른 30여 권짜리 '소련·동구 현대문학전집'을 펴냈다. 출판에서도 상업성이 제1원칙이 되어 버린 지금 돌아보면 참 대단한 시대였다.

월북 작가의 해금과 중국과의 수교 등 시대적인 변화가 맞물린 바람도 있었다. 학교 도서관에서 비로소 온전한 모습으로 쏟아져 나온 월북 작가의 작품집을 주로 빌려 봤다. 그 전까지 월북 작가의 작품은 본문의 여러 부분이 글자 대신 네모나 동그라미처럼 깨진 글자로 처리되어 있었다. 이런 책이 특별히 재미있었다기보다 그동안 금지당한 것에 대한 욕망이 컸다. 이제껏 읽어 보지 못한 카프KAPF 작가의 책은 꼭 읽어야만 할 것 같았다.

그때는 아직 '내가 좋아하는 소설'이라는 게 없어 한국 문학에서 까맣게 칠해 놓은 어느 부분을 나도 알아야 한다는 막연한 의무감이 있었다. '혹시 내가 좋아할지도 모르잖아' 같은 마음도 있었다. 물론 좋아하는 데는 실패했지만. 그래도 1988년에 전집이 출간된 김기림의 책은 참 좋았다. 왜 이 책이 그동안 금서였을까 싶을 정도로 계급성이나 목적의식이 느껴지지 않아 의아했다. 이런 책들을 읽으며 1945년 해방 후부터 1948년 정부가 수립되고 분단이 고착되기 전까지의 한반도는 어떤 곳이었을까 상상해 보곤 했다.

그래도 일곱 권짜리 『고요한 돈 강』을 읽는 건 일종의 도전이었다. 작가 미하일 숄로호프가 이미 1965년에 노벨문학상을 받아 이견의 여지가 없는 고전이요, 명작이었지만 방대한 양도 양이고 끝없이 쏟아져 나오는 길고 긴 러시아 이름과 어딘지 모를 지역을 따라가는 것이 버거웠다. 도서관에서 대출 기한을 연장하고, 그것도 모자라 반납한 후다시 빌리는 과정을 거치면서 일곱 권을 다 읽었지만 세세한 내용은 기억나지 않는다.

러시아 중심부도 아닌 남러시아의 카자크 지방에 살았던 한 남자가 1차 세계대전과 혁명, 다시 내전으로 이어지는 시대의 격랑에 휩쓸리는 이야기다. 전쟁 과정에서 아군의 잔혹한 행태를 통해 우직하게 믿었던 정의에 대한 신념, 윤리에 대한 이상이 흔들리고 자신이 죽인 적군 역시 자신과 같은 인간이라는 사실에 괴로워하는 주인공은 돌아가야 할곳을 찾지 못한다. 지금 생각하면 전쟁을 소재로 하는 대하

소설의 전형 아니었나 싶은데, 그렇게 격정적인 시간을 담은 책에 '고요한'이라는 형용사를 붙인 것이 인상적이었다.

내용도 잘 기억나지 않을 책을 재미있다고 느끼지도 않으면서 왜 그토록 기를 쓰고 읽었을까? 지금 생각하면 이상하다. 그런데 그때 우리가 생각한 '교양'은 그런 것이었다. 세상에는 혼자서는 알 수 없고 간단하게 정의 내릴 수도 없는 어떤 거대한 가치가 있는데, 그걸 알려면 힘들고 지루한 과정을 거쳐야 한다는 이상한 믿음도 있었다. 개인의 취향이라는 말이 없던 때였으니 이게 좋고 재미있다는 나의 감각을 확신할 수도 없었다.

그래서 아직 충분히 경험해 보지 않은 것에 마음을 열어 두었다. 그러기에 좋은 시절이기도 했다. 서점의 서가를 가득 채웠던 러시아 소설은 1991년 소비에트 연방 해체와 맞물려 인기가 시들해졌다. 기다리기라도 했다는 듯 그동안 금지되었던 많은 것이 풀려났다. 일본 영화를 영화관에서 볼 수 있었고 무라카미 하루키를 위시한 일본 현대 문학이 우리를 사로잡았다. 뒤이어 남미 문학도 쏟아져 들어왔다.

개인의 삶에 집중하는 하루키의 소설과 연이어 출간된 이인화의 『내가 누구인지 말할 수 있는 자는 누구인가』, 하일지의 '포스트모더니즘' 소설이 널리 읽혔다. 세상에는 상대적이고 주관적인 수많은 진실이 존재한다는 포스트모더니즘 이론서도 쏟아져 나왔다. 중남미 소설도 이 시기에 많이 나왔는데, 마르케스의 『백년 동안의 고독』은 출간되자마자 필독서가 되었다. 이 책을 이해하기 위해 남미의 식민지 역사를 허겁지겁 공부해야 했다.

뒤이어 말로만 듣던 '보르헤스 전집'이 출간되었다. 대하소설과 리얼리즘 외에 다른 것을 알지 못했던 내가 이탈로 칼비노의 『코스미코미케』나 톨킨의 『실마릴리온』을 읽었을 때의 충격은 컸다. 수만 년에 이르는 진화와 수억 년에 이르는 우주의 역사를 녹여 낸 것 같은 『코스미코스케』는 읽긴 읽었으되 지금도 제대로 이해했는지 알 수 없는 책이다. 마치 온 생명과 온 세상의 기원 같은 할아버지가 주인공인데, 이름이 'ㅋㅍ우프ㅋ'였다. 이름부터 난관이다. 도대체 이걸 어떻게 읽어야 한단 말인가. 그 주인공이 시간과 공간을 넘나들고 심지어 동물의 종까지 오가며 지구와 달, 우주, 생명의 탄생에 대해 아름답고도 신기한 이야기를 펼친다. 이 어마어마한 상상력을 나 같은 미물이 어떻게 보듬어야 하는지 막막하기만 했다.

세계는 더 넓어졌고 주의를 기울여야 할 존재는 더 많아졌다. 세상은 모르는 것투성이고, 그래서 알아야 할 것으

로 넘쳤다. 보아야 할 영화와 읽어야 할 책 때문에 조바심이
났다.

객석 사이의 커다란 기둥 때문에 종종 화면이 잘리고,
사람이 빼곡할 때는(놀랍게도 그럴 때가 많았다!) 사람 머
리로 다시 화면을 잘라 먹는 예술영화 전용관 '코아아트홀'
에서 『베를린 천사의 시』를 보았고, 얼마 지나지 않아 새로
문을 연 '씨네큐브'에서 안드레이 타르콥스키의 『희생』을
보았다. 컬트 영화의 세계가 열리고 데이비드 린치의 『이레
이저 헤드』가 영화관에서 상영됐다.

이해할 수 없었기에 다시 책을 읽었다. 안드레이 타르
콥스키, 잉마르 베리만, 장 르누아르, 시드니 루멧이 자신의
영화 세계를 말하는 책이 번역되었고, 영화 비평서도 쏟아
졌다. 영화 만드는 사람이나 읽던 루이스 자네티의 『영화의
이해』는 필독서가 되었다. 영화와 미술, 사진에 관한 책이
시리즈로 나왔다. 지금 보면 어떻게 이런 책을 기획하고 펴
낼 수 있었을까, 용기 있다고 해야 하나 무모하다고 해야 하
나 싶은 책들이다.

비로소 무라카미 하루키의 『상실의 시대』가 그린 세계
가 어떤 세계인지 어렴풋이 알 것 같았다. 거대하고 절대적
으로 옳은 하나의 가치는 없을지도 모른다는 것, 아무리 열

심히 알려고 해도 모르는 세계가 여전히 존재한다는 것을
받아들이게 되었다. 남들 눈치 보지 않고 내가 좋아하는 것
을 좋아한다 말하고 지루한 것을 의무감으로 견디지 않을
수 있게 되었다.

그럼에도 여전히 낯선 것에 도전해 보려는 용기, 재미
없는 것을 좀 더 견뎌 보는 노력, 잘 모르는 것을 이해해 보
려는 안간힘을 포기하지 않으려 한다. '재판관'의 마음이 아
니라 '탐구자'의 마음으로. 잘 몰라서 그렇지 좋아하게 될지
도 모르잖아? 세상에는 내가 모르는 좋은 것이 아직 많을지
도 모르잖아?『고요한 돈 강』으로부터 이십 년 이상을 흘러
왔지만 그 책은 내게 그런 마음의 상징이다.

답사 자료집

보통 사람들은 편집자가 무슨 일을 하는지 잘 모른다. 그래서 각종 오해가 난무한다. 글을 쓴다거나 책 표지를 디자인하거나 인쇄하는 사람으로 생각하기도 한다. 물론 편집자 가운데는 글을 잘 쓰는 사람도 많고, 디자인 감각이 뛰어난 사람도 있으며 기계에 대해서는 모르지만 인쇄물에 대한 식견을 갖춘 사람도 많다. 이런 감각이 있으면 일하는 데 도움이 되고, 오래 일하다 보면 이런 능력이 두루 생기기도 한다.

이런 오해가 답답해 국내외 훌륭한 편집자 선배들이 자부심과 긍지를 담아 편집에 대해 책도 여러 권 냈지만 편집자끼리만 열심히 보는 까닭에 다른 사람에게는 여전히 오리무중이다. 아무도 정체를 모르는 이 일을 나는 어쩌다 하게 되었을까? 한 사람의 직업은 재능과 취향, 노력 혹은 열정의 필연적 귀결이라기보다 그저 우연이 몇 번 겹쳐 빚어진 결과인 경우가 많다.

나 역시 그랬다. 편집자가 무엇인지 모른 채로 막연히 비슷한 일을 했다. 제일 먼저 한 일은 고등학교 교지 편집이었다. 문예반에 들어갔다가 얼떨결에 맡은 것이었는데 이번 호 주제를 뭘로 할까(당시 교복 부활이 중요한 화제여서 교복을 주제로 삼았다), 누구에게 무슨 글을 청탁할까(우리 아빠도 글을 한 편 썼다) 의논하는 정도였지만 그 모든 것이 책이라는 형태로 가시화된다는 것이 제일 감격스러웠다.

대학 때는 숱한 자료집을 신나서 만들었다. 알아야 하고 알려야 할 게 뭐가 그렇게 많았는지 여기저기서 자료집을 엄청나게 만들어 댔다. 그런 걸 책이라고 할 수 있을지 모르겠지만, 자료가 되는 많은 책을 읽으며 내가 좋아하고 감동받은 이야기를 다른 사람과 함께 읽고 싶다는 소박한 마음을 가졌다. 워드프로세서가 막 나오고 286컴퓨터가 드물게 보급되던 때였으니 자료집의 기교 따위는 기대할 수도 없었다.

첫 시작은 답사 자료집이었다. 사학과에서는 봄가을 학기 중에 답사하며 역사를 공부한다(는 건 핑계고 놀기 좋은 계절에 산 좋고 물 좋은 곳으로 놀러 다닌다). 내가 사학과에 잘 왔다고 생각한 이유 중 하나다. 그런데 첫 답사 때 자료집을 받았다. 우리가 가는 지역의 역사, 사적 및 유적·유물에 대한 미술사적 설명이 담겨 있었다. 새로운 것이면 다 재미있었던 신입생은 답사 기간 내내 답사 자료집을 끼고 살면서 이 설명은 왜 더 자세하게 쓰지 않았나, 여기의 이 유적과 저 유적은 무슨 관련이 있는 것일까 궁금해했다.

하지만 자료집은 대학원생 선배들이 만드는 것이라 직접 물어보기가 어려웠다. 답사는 학부생이 가는데 왜 자료집은 대학원생 선배들이 만들까. 학부생으로 답사반을 꾸리자는 당돌한 계획을 세웠다. 학부생의 눈높이로 그들이 알아야 하는 것과 궁금해하는 것을 자료집에 담고 싶었다. 선배들은 귀찮은 일(?)이었는지 별말 없이 격려해 줬다. 하지만 우리는 아무것도 모르는 천둥벌거숭이였다.

'미술사'가 뭔지, 그 말 자체도 대학에 들어와서 처음 들었으니 공부가 필요했다. 대학원 선배들에게 한국 미술사의 기초를 이해하는 데 필요한 책을 요청했다. 마음 맞는 몇 명이 모여 함께 책을 읽고 여름방학에는 일주일에 한 번씩 미

대학 시절에는 자료집이 넘쳐났다. 만들 때마다 누가 시키지도
않았는데 조금이라도 전과 다른 자료집을 만들겠다는 각오를 다지곤
했다. 이 자료집들이 나 말고 누구 한 사람에게라도 도움이 되었을까,
지나고 보니 그런 궁금증이 인다.

술사학과 대학원 선배들에게 가르침을 받았다. 그러면서 답사 준비도 했다. 다음 답사지를 정하고, 가 봐야 하는 사적지는 어디고, 유적은 어떤 것이 있는지, 역사적 의미는 무엇인지, 그 가운데 뭘 볼 것인지 매번 싸우듯이 토론했다. 사전 답사를 다니며 동선을 짜고 자료집에 넣을 사진도 찍었다.

사전 답사를 다니면서 아름다운 것을 많이 보았다. 내게 원형적 미감이 있다면, 아마 이때 만들어졌을 것이다. 부석사 앞 사과 과수원에서 꼬부랑 할머니가 팔던 작고 빨간 홍옥, 눈이 쏟아져서 흰 점을 가득 찍은 풍경화 같았던 어느 사찰 앞 숲길, 무량수전 앞에서 다른 농도와 채도로 겹을 이루던 산들, 바람 따라 일렁이던 끝도 없는 호남 평원의 푸른 벼, 동그마니 기단석만 남아 있던 폐사지의 고요, 언제 올지 모르는 버스를 기다리며 시골 정류장에서 친구들과 바라본 노을, 정갈하게 빗질한 절 마당에 쏟아지던 햇빛과 그 위에 드리운 늦여름 배롱나무 꽃 그림자.

이 모든 것이 답사 자료집에 들어갔다. 컴퓨터 한글프로그램으로 만든 문서를 학교 앞 제본소에서 자료집으로 받았을 때 느껴지던 따뜻한 감촉과 옅은 휘발유 냄새가 그렇게 좋았다. 어딘지 허술했지만 내 손으로 모든 것을 만들어 본 첫 책이었다. 답사 자료집만이 아니었다. 학생회에서 만드는 온갖 자료집을 도맡아 만들면서 만들 때마다 전과는 다른 자료집을 만들겠다는, 누가 시키지도 않은 포부를 혼자 품었다.

광주민중항쟁 자료집에는 이 항쟁을 역사 사건으로 다루는 내용도 당연히 포함되었지만 그 외에도 항쟁 당시 거리에 뿌려졌던 전단의 내용, 광주 관련 시와 노래, 함께 고민해 볼 이야기, 광주나 그 근처에 살았던 선·후배들이 직접 경험한 이야기 등을 담았다. 내가 나름대로 시도했던 파격은 소설 수록이었다. 중대한 사건은 역사 사실로도 중요하지만 그것을 겪은 개인에게 남기는 영향도 중요하다고 생각했다. 소설을 싣자는 내 생각을 친구들은 낯설어했다. 그럴수록 사명감에 불타서 의견 충돌까지 불사했다.

소설 수록이 결정된 후에는 누구 소설로 할 것이냐로 다시 시끄러웠다. 나는 광주민중항쟁 이후 사람들이 겪는 트라우마를 따뜻하고 아름답게 그린 소설가 임철우의 작품을 주장했고 친구는 광주민중항쟁 자체를 다룬 정도상의 소설을 밀었다. 결국 임철우의 소설을 실었는데, 그 소설 속의 이미지 하나가 광주민중항쟁을 생각할 때마다 떠오른다. 도청 앞에서 스러져 간 사람들이 검은 아스팔트에서 몸에 자목련 꽃잎을 붙인 채 유령처럼 하나둘씩 일어나는 검은 실루엣. 흰 목련이 지고 자목련이 피는 늦봄이면 언제나 그 이미지가 떠오른다.

역사를 배우다 보면 개인은 사건 속에 묻히는 경우가 많다. 그런데 나는 늘 그 사라진 개인이 궁금했다. 그는 어떻게 됐을까? 그 사건의 주동자는 그렇게 큰 사건을 계획하면서 갈등은 없었을까? 죽음을 맞을 때는 무슨 생각을 했을까? 사건 후 살아남은 사람들은 어떻게 됐을까? 남은 생애에 그 사건은 그에게 어떤 영향을 끼쳤을까? 문학은 그럴 때 유용했다. 자료집 말고 답사를 준비할 때도 그런 이야기들이 전해졌으면 싶었다. 그래서 역사 사건을 배경으로 짧은 극을 쓰거나 민속 연희를 우리 식으로 재현하기도 했다.

극은 모인 사람들에게 즉각적이고 감정적인 호응을 쉽게 이끌어 냈지만 여전히 나는 자료집이 좋았다. 한 학기만 지나도 예전 자료집은 모자라고 부족한 것투성이었다. 내용도 어설프고 고심했던 실험도 치기가 넘쳐서 부끄러웠다. 그래서 다음엔 더 잘해야지 하고 마음먹었는데, 그런 순간이면 내가 조금 더 나은 인간이 된 것 같아 스스로 뿌듯했다. 자료집을 만들지 않았더라면 창피할 일도 없겠지만 더 잘해 보겠다는 마음도 생기지 않았을 것이다.

인류는 기록이 있어서, 책이 있어서 수만 년 동안 조금이라도 진보했을 거라고 믿는다. 편집자가 거기에 조금이라도 기여하지 않았을까. 기나긴 역사에서 개인의 임무는 오로지 다음 세대를 생산하는 것이었다. 그리고 모든 개인은 사라진다. 단 하나의 예외도 없이. 책이 아니라면 그 허무를 어찌했을까. 다시는 이 이야기를 하지 못할 거 같아, 쑥스럽지만 그래도 딱 한 번만 하련다. 나는 태어나서 책을 읽고 만드는 일을 한다는 것이 참 좋다!

하드리아누스의 회상록

소설은 내 인생 독서 아이템 중 하나다. 한창 내 인생이 복잡할 때 잠깐 소설 읽기가 시들해진 적도 있었지만 소설은 영원한 내 사랑! 한국 현대소설을 본격적으로 접한 것은 대학생이 된 오빠가 읽던 『이상문학상 수상작품집』부터다. 지금은 어떤지 모르겠지만 당시에는 교양 있는 대학생의 필독서였다. 아직도 기억나는 것은 제1회 수상작품집에 수록된 최인호의 「두레박을 올려라」다. 본상 수상작은 김승옥의 「서울의 달빛 0장」이었는데, 그건 잘 기억이 나지 않는다.

최인호의 작품은 특히 몇몇 장면이 강렬하게 기억에 남아 있다. 하나는 주인공이 어렸을 때 학교에서 돌아와 낮잠을 자다가 어스름 무렵에 일어났는데, 아침인 줄 알고 헐레벌떡 학교에 갔던 일을 회상하는 부분이다. 해 뜰 무렵과 해질 무렵이 너무 비슷해서 어릴 때 나도 가끔 이런 착각을 했다. 나는 실제로 학교까지 가지는 않았지만, 늦은 줄 알고 학교에 달려가 친구들이 하나도 오지 않은 텅 빈 교실에서 주인공이 느꼈을 막막함과 두려움을 알 것 같았다.

백령도에 살 때 비슷한 경험이 있었다. 휴전선을 맞대고 있는 그곳에서는 간첩선이라 불렸던 북한 선박이 종종 나타났는데, 이게 나타나면 온 섬에 비상이 걸렸다. 사람들은 방공호로 피신을 하고 섬 전체가 소란해졌다. 밤새 사이렌 소리에 맞춰 방공호와 집을 몇 번씩 오갔던 다음 날 아침에 학교를 가면 교실이 텅 비어 있곤 했다. 전쟁이 무엇인지는 몰랐지만 그 결과가 그런 텅 빈 교실이라는 것만은 또렷했다.

또 다른 장면은 가난한 주인공이 너무 배가 고파 친구들과 손가락을 잘라 먹기로 하고 어느 손가락이 가장 불필요한지 의논하는 장면이었다. 엄지손가락은 으뜸을 나타내야 해서, 둘째와 셋째 손가락은 글씨를 써야 해서, 넷째 손가락은 결혼반지를 끼어야 해서, 새끼손가락은 콧구멍을 후빌 때 써야 해서 포기하는 장면이었다. 결국 새끼손가락은 약속하는 손가락이어서 포기하고 대신 비둘기를 잡아 오지만 그것 역시 '평화'의 상징이라 놓아준다.

주인공은 인간은 하나쯤 없어도 그만일 손가락에조차 왜 당장의 쓸모뿐 아니라 상징적인 의미까지 부여하는 걸까 이상하게 여기면서도 막상 자신 또한 책을 팔지 못한다. 먹을 것을 구하느라 모든 것을 다 팔았으면서도 자유의 상징인 책만은 팔 수 없다고 생각한 것이다. 정말 책은 자유의 상징일까? 소설은 공감하게 했고, 발견하게 했다.

대학 초년생일 때 읽었던 소설은 늘 마음을 무겁게 했다. 세상의 온갖 고통을 대면하게 하고 내가 굳이 고민하지 않아도 될 것을 자꾸 가져왔다. 더 정확히 말하면 내가 고민해도 해결할 수 없는 문제를. 세상은 온갖 갈등과 비극, 모순이 산재해 있는 곳이고 개인은 오로지 희생자거나 그 모순을 깨닫고 저항하는 각성한 인간뿐이었다. 그런 소설들을 읽고 있으면 작은 죄책감이 들었다. 내 행복이 훨씬 중요하게 느껴지는 게 무슨 큰 잘못 같았다.

대의를 위해 기꺼이 목숨과 자신의 행복을 내놓는 사람이 실제로도 너무 많았다. 숱한 노동자와 농민, 수배를 받아 쫓겨 다니거나 학교를 그만두고 공장에 들어가는 선배. 그런데 나는 도서관이나 들락거렸다. 수많은 작가 가운데서도 임철우와 이창동, 김소진이 가장 많이 생각난다. 이들은 사회의 모순이나 거대한 사건의 영향 안에서 고통을 겪는 소시민 이야기를 많이 썼는데, 그 인물들이 꼭 나 같았다.

그 소시민 주인공 곁에는 꼭 이상을 추구하느라 가까운 사람을 고생시키고 계속 갈등 상황에 몰아넣는 사람이 있는데, 언제나 양가적 감정이 들었다. 이창동의 단편 「녹천에는 똥이 많다」에 나오는 이복형제 준식과 민우가 매우 전형적이다. 형 준식은 평생 "안정된 생활, 잠잘 곳을 걱정하지 않고 일자리를 잃고 쫓겨나게 될까 두려워하지 않아도 되는 그런 안온한 생활"을 꿈꾸며 세상과 타협해 가며 살아왔고, 동생 민우는 세상이 바뀌든 안 바뀌든 옳은 것을 옳다고 말하는 삶을 사느라 수배자가 되어 형 집에서 얹혀 지낸다.

윤리적으로 동생의 삶을 지지하다가도, 버스비를 아끼려고 아이들이 미취학 아동이라고 거짓말하는 어린 시절 삽화를 마주하면 모호해진다. 엄마의 거짓말을 도우려고 덩치만 큰 모자란 아이처럼 보이려고 애쓰던 준식 곁에서 태연하게 자기는 여덟 살이라고 말하는 민우가 너무 얄미웠다.

임철우는 분단이나 광주민중항쟁이라는 역사 사건의 파장 안에서 힘들게 살아가는 인간들을 다루면서도 인간에 대한 무한한 신뢰와 애틋함을 보여 주었다. "모든 인간은 별"이라는 말로 시작하는『그 섬에 가고 싶다』나 사람은 모두 외롭고 좌절하고 미워하고 슬퍼하는 별이지만 때로 항로를 잃은 서로에게 등대가 되어 준다고 말하는『등대 아래서 휘파람』까지, 그의 소설은 그 시기 초라한 나 자신을 견디게 하는 빛이었다.

독특한 상상력이 돋보이는 남미나 유럽 소설 등은 숨통을 틔워 주었다. 특히 여성의 욕망과 실존에 대해 충격적일 만큼 강렬하게 쓴 프랑스의 아니 에르노나 마르그리트 뒤라스 같은 작가의 책은 내 취향에 '프랑스 여성 작가'라는 장르를 만들었다.『단순한 열정』과『아버지의 자리』를 처음 읽었을 때, 얼마나 가슴이 탁 트이던지. 내가 정말 좋아하는 마르그리트 유르스나르의『하드리아누스의 회상록』은 1990년대 한국 사회라는 좁은 울타리에 갇혀 있던 내게 인간 보편이라는 화두를 던져 주었다.

1951년에 출간된『하드리아누스의 회상록』을 작가가 처음 쓰려고 마음먹은 것은 1927년이다. 유르스나르는 플로베르의 서간집에서 본 한 구절, "신들은 더 이상 있지 않았고, 그리스도는 아직 있지 않았으므로, 인간이 홀로 있었던, 바로 키케로에서 마르쿠스 아우렐리우스 시대까지의, 유일무이한 순간이 있었다"에서 이 책을 시작했다. 유르스나르

산호에서 나온 『단순한 열정』은 당시로서는 파격적인 디자인이라 눈에
띄었다. 내가 갖고 있는 이 책은 페이지수가 꼬인 파본이지만 일부러
바꾸지 않았다. 『하드리아누스의 회상록』은 민음사에서 2008년에 다시
나왔는데 『하드리아누스 황제의 회상록』으로 제목이 바뀌었다. 나는
'황제'를 뺀 제목이 더 마음에 든다. 『알렉시』와 『세 사람』은 절판된 후
다시 출간되지 않았다. 톨킨의 『실마릴리온』(번역 문제로 원성이
자자했는데, 『반지의 제왕』 덕에 다른 출판사에서 새 판본이 나왔다)이나
이탈로 칼비노의 『코스미코미케』, 카렐 차페크의 『단지 조금 이상한
사람들』 같은 책을 읽었을 때 느낀 신선함은 아직도 기억난다.

에게 하드리아누스는 "인간 그 자체, 혼자이나 모든 것과 관계되어 있는 인간"이다.

이 소설은 가장 번성했던 시기를 살았던 로마 황제의 화려함이나 긴박감 넘치는 사건과 거리가 멀다. 작가는 오로지 한 인간이 삶에서 겪는 다양한 경험과 감정에 집중했다. 사랑과 상실, 실패와 늙어감 그리고 죽음까지. 줄거리를 말하라면 단 한 줄로밖에 말할 수 없는 이 책을 다 읽은 날 가득 차오르던 감동과 감격을 잊지 못한다. 수천 년 전의 사람과 지금의 나 사이에 근본적으로 이어져 있는 접촉 지점들을 하나하나 만져 본 느낌이었다.

프랑스 여성 작가 소설은 열림원에서 선집으로도 펴냈는데, 여기에 유르스나르의 『알렉시』, 『세 사람』이 포함되어 아주 기뻤던 기억도 난다. 소설 읽기를 시간 낭비로 여기는 사람들이 있다. 소설은 자기계발서처럼 한마디로 선명하게 인생의 진리, 해법을 가르쳐 주지 않는다. 줄거리로 요약하면 A4 용지 반 장이면 될 것을 삼백 쪽이 넘는 장편으로도 풀어낸다. 그럴 수밖에 없다. 소설은 인간의 삶 속 모든 감정을 세세히 살펴보고 새롭게 표현한다. 사건들이 한 사람의 삶을 관통할 때 그가 어떻게 변해 가는지 슬픔이나 기쁨, 노여움, 즐거움을 모두 그린다. 그래서 소설은 다른 책처럼 발췌해 읽거나 건너뛸 수가 없다.

　이 감정의 세목이 자세해질수록 우리는 삶을, 인간을, 세상을 좀 더 잘 이해할 수 있게 된다. 세상과 세대가 달라지면 당연히 감정의 표현도, 사회적 상상력도 달라진다. 인간이 존재하는 한 소설이 계속 쓰여야 하는 이유다. 계속 쓰이는 이상, 나 역시 계속 읽을 것이다. 소설 독자가 점점 줄고 있는 중에도 새로운 형식과 내용의 소설을 계속 펴내는 젊은 작가들을 응원한다. (열심히 사서 읽고 있습니다!)

행복한 책읽기

　사십 년 넘게 살았다고, 아무리 멋져 보여도 사는 건 다 거기서 거기라는 냉소를 부끄러워하지 않게 됐다. 도리어 그런 자신을 어른이 되었다고 기특해했다. 그런데 어떤 글을 읽으면 마음이 뜨끔해져 자세를 가다듬게 된다. 좋은 평론가가 쓴 글이 그렇다. 그들은 영화든 책이든 텔레비전 프로그램이든 좋다, 싫다, 그저 그렇다 같은 외마디 말로 넘겨 버린 많은 것을 정색하고 다시 보게 한다. 거기서 거기인 지질한 삶 속에도 빛나는 것이 있다고, 다시 한 번 잘 보라고 다정하게 말해 준다.

　내겐 돌아가신 김현 선생이 그런 사람이다. 선생은 프

랑스 현대문학 비평이론에 대해 주로 썼는데, 소설도 아니고 비평이론까지 내가 알아야 할 이유는 없었다. 그럼에도 김현이 썼거나 번역했다 혹은 추천했다는 이유로 읽었다. 푸코 연구서 『시칠리아의 암소』, 르네 지라르의 희생양 이론을 다룬 『르네 지라르 혹은 폭력의 구조』, 20세기 프랑스 비평사의 주요 논문을 엮은 『현대 비평의 혁명』, 선생이 책에서 여러 번 언급한 가스통 바슐라르의 책이 모두 그렇다.

이 책들을 다 이해하면서 읽은 건 아니다. 더러 읽다가 포기하기도 했다. 지금 펼쳐 보면 이 깨알 같은 글씨가 보이기는 했나 싶다. 역시 청춘은 시력인가! 다시 읽을 엄두조차 나지 않는 이 책들을 아직도 버리지 못하는 건 순전히 '인지' 印紙 때문이다. 책에 인지를 붙이던 시절이라 이 책들에는 '김현'이라는 붉은 도장이 찍힌 인지가 붙어 있다. 부인이나 출판사 직원이 찍었을지도 모르는데, 선생의 손길이 닿았겠거니 싶어서 버릴 수가 없다. (흠, 좀 변태 같은가?)

그 가운데서도 가장 아끼는 책은 1992년에 펴낸 마지막 저작 『행복한 책읽기』다. 대학생이 되어서야 존재를 알게 되었는데 1990년에 돌아가셨으니 내가 선생을 실제로 뵐 기회는 없었다. 마지막 책이면서 가장 사적인 이 책이 내게 각별한 것은 당연했다. 게다가 다른 비평이론서보다 읽기도 이해하기도 쉬웠다. 일기에서조차 읽고 평하기를 거듭했던 선생의 태도는 각 잡은 다른 비평서와 다르지 않았다.

선생의 비평에는 아름다움과 진실을 향한 추구, 철저한 앎에 대한 지향, 성실, 창작자에 대한 열등감 없는 천진, 무엇보다 저자와 작품을 보는 따뜻한 시선이 담겨 있다. 선생은 혼잣말이었을 일기를 쓰면서도 작품과 그 작품을 쓴 사람에 대한 깊은 애정과 예의를 잃지 않았다. 그래서 선생이 읽고 좋다거나 재미있다거나 읽을 만하다는 평을 하면 무조건 찾아 읽었다. 선생을 통해 시인 송찬호를 알게 됐고 소설가 최인훈의 산문을 읽게 됐다.

시인 김지하를 투사보다 시인으로 더 기억하는 건 선생이 쓴 그의 시 「무화과」에 대한 평문 때문이었다. 시인 기형도를 발견하고, 죽음을 맞닥뜨린 곳도 이 책이었다. 1988년 3월 29일 일기에는 『문예중앙』 봄호에 실린 기형도의 「죽은 구름」과 「추억에 대한 경멸」에 대한 단평이 적혀 있다. 그런데 이듬해 3월 7일 일기에는 그의 죽음이 기록되어 있다. 유고라고 생각해선지 죽음에 관한 이야기가 유난히 눈에 띈다.

1989년 6월 4일 일기는 보현봉 아래 기도원 마당의 가지런히 비질된 깨끗함을 이야기하다가 문득 "죽음은 이 모

김현 선생이 쓴 프랑스 현대 비평이론서는 어려워서 이해하지 못한

부분도 많고 글씨가 작아 보기도 힘들지만 '김현'이라는 이름이 찍힌

인지 때문에 애틋해서 정리하지 못한다. 지금은 표지가 근엄하게

바뀌었으나 『행복한 책읽기』 초쇄는 노란 표지에 자제분이 직접

그린 캐리커처가 그려져 있다. 1992년에 산 책을 잃어버린 줄 알고

2003년에 다시 샀는데, 뒤늦게 찾아 두 권이 되었다.

든 것을 보지 못하게 된다는 것을 뜻한다"라고 말한다. 바로 그 뒤 일기가 죽은 기형도의 지인들과 술 마신 이야기인 것은 물론 우연이겠지만 그 일기는 이렇게 끝을 맺는다. "죽음은 모든 것을 허용한다." 병환으로 죽기 한 해 전이었으니 우연이 아니라 어쩌면 당신의 죽음을 예감하고 썼을지도 모르겠다.

김현 선생에게는 구전으로 전해지던 일화들이 있고, 이런 것들이 선생의 신비감을 더한다. 선생은 겨우 나이 스물셋이었던 1962년, 『자유문학』에 「나르시스의 시론」을 발표하며 등단했는데 당시 그를 발탁한 사람이 양주동 박사였다고 한다. 전례대로 자신을 알아봐 준 선생님께 인사를 드리러 간 날, 때마침 외출하신 사모님과 길이 엇갈리는 바람에 대문 안으로는 들어갔지만 방까지는 들어갈 수 없었다.

양주동 박사는 아무렇지도 않게 마당의 연탄 창고에 들어가 좌정하더니 절을 받았다. 그리고 절을 받고 나서 처음 한 말이 "자네는 자네가 천재인 줄 알겠지만 천재는 바로 날세" 했다 한다. 이 일화를 전해 듣고 나는 1960년대 초의 서울대학교 인문대는 과연 어떤 곳이었을까 상상하곤 했다. 4·19혁명의 성취와 5·16군사쿠데타라는 반동을 연이어 겪은 이청준과 김승옥, 김현과 김치수, 염무웅, 김지하가 시와 소설, 비평을 논하는 풍경은 생각만 해도 가슴이 뛰었다.

이런 이야기를 해 봤자 '그까짓 게 뭐' 하는 사람들이 있을지도 모른다. 김현 선생이 말했다시피 문학은 정말 아무 짝에도 쓸모가 없으니까. 권력도 돈도 되지 못하니까. 하지만 선생은 그 쓸모없음으로 문학이 얼마나 아름다워지는지 발견하게 해 주었다. 나는 선생이 권한 책을 읽으며 나 혼자서는 미처 발견하지 못했을 삶의 빛을 발견하곤 했다. 사람들은 이제 책을 잘 읽지 않는다. 그래도 살아가는 데 아무런 지장이 없다.

그런 생각을 하면 책을 만드는 일을 하는 사람으로서 어쩔 수 없이 낙담하게 된다. 하지만 세상이 그렇지, 사는 게 그렇지, 인간이 뭐 그렇지 하는 냉소가 피어오를 때, 사람들이 삶과 세상에서 좋고 밝은 무언가를 발견하도록 해 주는 책을 만들자는 의지가 더 힘차게 솟아오른다. 그럴 때면, 죽음을 앞두고도 읽고 쓰기를 거듭한 김현 선생이, 선생의 책이 내 어깨를 가만히 안아 주고 있구나 싶다. (아, 이것도 변태 같은가?)

그 손길을 느끼면, 1987년 6월 22일 일기 속 사과 세 알을 나도 선생에게 건네고 싶어진다. "아빠, 저번 토요일, 아빠하고 엄마하고 전주 간 날, 박남철이라는 사람이 사과 세

알을 들고 찾아왔더랬어요. 그냥 가려고 그러더니, 나가다가 다시 들어와, 너희들 먹지 말고 선생님 꼭 드시라고 해라라고 말하고 가데요. …… 이청준의 『벌레 이야기』가 자기 이야기를 쓴 것이라며 그를 죽여 버리겠다고 전화하던 박남철의 기행이, 문득 아이의 말로 희화화하여 들릴 때, 내 가슴은 이상하게 차분해지고, 그가 견딜 수 없이 안쓰러워진다. 가슴속 타는 불길로 자기와 세계를 파괴하기 직전에까지 이른 파괴의 시를 쓰는 시인. 과격하고, 극단으로 가라고 자꾸 충동질하면서, 실제로 그곳으로 가고 있는 사람을 보면, 안쓰럽고 겁난다. 김현이, 이, 개새끼! 대갈통을 까부숴 버릴까 보다. …… 아니에요, 선생님. 저는 시를 계속 잘 쓰겠습니다. …… 그래 그래.” 내게도 이렇게 고개를 끄덕거려 주시겠지.

베에토벤의 생애

　아는 이의 헌책방에 들렀다가 가게 문 앞에 진열된 책 한 권을 보았다. 누군가의 손에서 닳고 닳다가 이삿짐에 따라가지 못하고 온 것인지, 서점 한구석에서 주인을 기다리다 그저 늙어 버린 것인지, 몹시 낡고 오래된 책이었다. 문예출판사에서 1972년에 발간한 문고본으로, 로맹 롤랑의 『베에토벤의 생애』였다. 책을 보자마자 어느 여름의 소백산이 떠올랐다.

　소백산에는 국립천문대가 있다. 내 나이 스물대여섯이었을 때 친구의 친구가 천문대에 아는 사람이 있어 초대받았다며 동행을 청했다. 대학 때 멋모르고 설악산에 갔다가 다시는 산에 가지 않겠노라 다짐했지만 천문대만큼은 꼭 한 번 가 보고 싶었다. 가까이에서 별을 볼 수 있는 기회였다. 산을 오르며 괜한 만용이었다고 후회할 때쯤 변화무쌍한 여름 날씨는 비까지 뿌리기 시작했다. 우비를 준비해 오긴 했지만 발끝으로 서서히 스며드는 냉기는 대비할 수 없는 것이었다.

봄이면 철쭉으로 뒤덮여 상춘객을 유혹하는 마지막 능선에 오르자 시야도 트이고 거의 다 왔다는 안도감도 몰려왔지만 이미 해는 넘어가고 있었다. 산길이 어두워지기 시작하자 나를 비롯한 동행 셋은 말이 없어졌다. 오로지 조급해지는 발끝만 바라보고 뛰듯이 걸었다. 멀리서 개 짖는 소리가 들렸다. 언뜻 사람 소리도 들린 것 같았다. 고개를 숙이고 있던 우리들은 일제히 고개를 들었다. 혹시 잘못 들은건가, 서로 눈을 마주치는데 누군가를 부르는 사람 목소리가 다시 한 번 들렸다. 아, 살았다!

천문대는 생각보다 작았다. 연구를 위해 필요한 공간, 연구자들이 먹고 잘 수 있는 최소한의 공간을 빼고는 군더더기가 없었다. 가장 꼭대기에 있는 천체망원경까지 한 바퀴 돌아본 후에 친구 선배의 연구실을 구경했다. 그 방에서 가장 기억에 남는 것은 엄청난 양의 클래식 음반이었다. 주로 밤에 일을 하고, 가게나 유흥거리 하나 없는 그곳의 시간을 견디려고 들인 취미라고 했다. 음반 옆에는 베토벤 교향악 악보가 마치 책처럼 빼곡하게 꽂혀 있었다.

당시 천문대의 근무 패턴은 산에서 일주일, 지상에서 일주일을 번갈아 오간다고 했다. 밤하늘이 맑은 날은 별을 보고 사진도 찍고, 비가 오거나 흐린 날은 찍은 사진이나 관측 자료를 분석했다. 남는 시간은 잠을 자거나 음악을 듣거나 악보를 본다. 상상하는 것만으로도 마음이 정돈되는 단순한 삶이다. 악보를 본다는 게 어떤 뜻인지 몰라서 물었는데, 교향악의 악보를 책을 보듯 읽으면 머릿속에서 음악을 재생할 수 있다고 했다.

도저히 이해할 수 없었지만 책을 읽으면서 그 속에 나오는 인물과 배경을 상상하는 것과 비슷한 거라고 이해했다. 그 악보들 사이에 끼여 있던 책이 로맹 롤랑의 『베에토벤의 생애』였다. 그 책에 눈길이 머무는 걸 보았는지, 친구의 선배는 음악으로 개인의 불행을 뛰어넘은 불굴의 정신 운운하는 촌평을 곁들였다. 아쉽게도 흐린 날씨 때문에 별 관측은 무산됐다. 피곤할 텐데 어서 쉬라는 채근에 다른 방으로 가면서 문을 닫는데, 흘깃 돌아본 곳에 친구의 선배가 두 손을 머리 뒤로 깍지 낀 채 회전의자를 빙그르 돌렸다.

깊은 산, 밤의 푸르스름한 기운과 외로워 보이던 뒷모습, 별을 보는 게 직업인 사람. 스물대여섯이나 먹고도 변변히 연애 한 번 못해 본 나는 속수무책으로 연모의 마음을 품게 되었다. 다음 날 산을 내려올 때 심심하니 편지 보내라며 손을 흔들던 모습이 마음에 남아 며칠에 한 번씩 길고 긴 편지를 보내곤 했다. 이런 내 마음을 아는지 모르는지, 어느 날 서울에 올라왔다며 그가 불쑥 회사 앞으로 찾아왔다. 자동차 영업 사원 같지 않느냐며 양복 차림을 어색해했다. 선이라도 본 모양이었다.

그는 편지 고맙다고, 보답으로 줄 게 있다고 충무로 어디쯤으로 나를 데려갔다. 판넬 작업까지 끝낸 선명한 오리온자리 사진이었다. 그리고 자기가 가장 좋아하는 성악가라며 스웨덴 성악가 호칸 하게고드Håkan Hagegård의 성가곡 모음 음반을 선물해 주었다. 차를 마시면서 나는 그가 나를 편지 잘 쓰는 귀여운 여동생쯤으로 생각하고 있음을 알 수 있었다. 그로부터 몇 달 후, 그가 어여쁜 초등학교 선생님과 결혼한다는 소식이 들려오자 앓았던 마음을 정리했다. 그렇게 첫사랑이 끝났다.

헌책방 앞에서 『베에토벤의 생애』를 본 것은 그로부터 사 년이 흐른 후였다. 나도 결혼과 첫아이 출산이 끝나 설렘의 기억조차 희미해진 때였다. '500원'이라는 값이 매겨진 그 책을 냉큼 사 들고 와 펼치자 옛 기억이 베토벤의 삶과 겹쳐졌다. 책은 다음과 같은 베토벤의 말로 시작된다. "옳게 또 떳떳하게 행동하는 사람은 오직 그러한 사실만으로써 능히 불행을 견디어 나갈 수 있다는 것을 나는 입증하고 싶다."

저자 로맹 롤랑은 예술가의 위대한 정신에 특히 관심이 많은 사람이었다. 그런 그가 굳이 이 말을 첫머리에 놓은 데에서 알 수 있듯이 이 책의 주인공은 '불행한' 베토벤이다. 이 책을 좋아한 천문대의 그 사람 역시 스스로를 불행한 사람이라고 여겼던 것이리라 생각하니 책을 펼치자마자 마음이 아파 왔다. 베토벤의 생애는 불행했던 어린 시절, 음악가로서 청력을 잃기까지의 고통, 계속 실패하기만 한 사랑, 외로움과 가난, 믿었던 이들이 주었던 상처로 가득 차 있었다.

1822년 『피델리오』 공연의 지휘를 포기해야만 했던 일이며, 말년까지 그가 초상을 간직해 그의 영원한 사랑으로 후세에 알려진 테레제 폰 브룬스비크와의 파혼, 동생 카를의 죽음과 어렵사리 양육권을 얻었던 조카의 자살 미수 사건을 겪는 동안 음악은 그의 유일한 진통제였다. 그런 사건이 지나간 자리에는 어김없이 음악이 남았다. 책을 읽으면서, 산 벌레들이 이리저리 날아다니던 푸르스름한 천문대

신촌의 헌책방 '숨어 있는 책방'에서 500원에 구입했던 1972년판
『베에토벤의 생애』는 바스라질까 걱정될 정도로 낡았다. 새로 단장한
책을 따로 구입하고도 아련한 감정 때문에 여전히 간직하고 있다.

개인 연구실 서가의 책을 생각했다. 그 양옆으로 함께 꽂혀 있던 음반 목록을 어쩐지 짐작할 수 있을 것 같았다.

헌책방에서 사 온 『베에토벤의 생애』를 그렇게 다 읽자 책은 추억과 함께 책꽂이에 얌전히 꽂혀 있게 되었다. 그리고 그로부터 불과 한 달 후 뜻밖에도 그 사람이 사고로 세상을 떠났다는 소식을 전해 들었다. 그날, 망연해진 마음으로 집으로 돌아온 나는 꽂혀 있던 책을 다시 꺼내 보았다. 드문드문 넘어가는 페이지 속에 전에는 미처 보지 못했던 베토벤의 모습이 보였다.

보헤미아의 온천지 테플리츠의 숲길에서 귀족을 만났을 때, 길가로 물러서 머리를 깊게 숙이는 괴테와는 달리 귀족 앞을 당당히 지나쳐 가는 베토벤, 합창을 교향곡 안에 넣는 모험을 감행하고 그 초연에서 들리지 않는 박수갈채를 받는 베토벤. 그 사람이 베토벤의 생애에 매혹되었던 것은 이런 모습 때문이 아니었을까 하는 뒤늦은 깨달음이 찾아들었다. 그제야 이런 글귀도 보였다. 베토벤은 "세정의 비참함으로 인하여 우리들의 마음이 서글픔을 금할 수 없을 적에, 우리들의 곁으로 와 주는 사람이다." 그랬다. 그는 그런 사람이었다.

책은 누군가의 삶과 만날 때 비로소 완성되는 물건이

다. 책이 그 소유주의 추억을 품을 때, 그 책은 더욱 완전해진다. 오리온자리가 선명해지는 겨울이면 이따금 생각난다. 어디선가 잘 살고 있었다면 그를 다시 떠올릴 일은 없었을 것이다. 하지만 추억은 고통을 주기 위해서가 아니라 위안이 되기 위해 남는 거라는 걸 이제 안다.

별 사진 액자는 결혼을 하면서 처분했지만 음반은 남겨 두었다. 클래식 음악을 좋아하는 친구가 탐낸 앨범이다.

고야

대학을 졸업할 때 졸업 논문으로 '19세기 말 러시아의 니힐리즘'에 관해 썼다. 순전히 니힐리즘이라는 '있어 보이는' 말 때문이었다. 역사학은 관심사가 널을 뛰는 내게 맞춤한 전공이었다. 세상은 넓고 역사는 길고 사람의 삶은 복잡해서 어디를 짚어도 흥미로웠다. 하지만 고작 사 년 동안 고대부터 현대까지 한국사, 서양사, 동양사를 훑자니 가뜩이나 촐랑대는 성품에 제대로 아는 것은 없어서 논문을 쓰면서는 오로지 '간지' 하나만 신경 썼다.

졸업 무렵의 비장한 분위기도 영향을 미쳤다. 1991년 명지대학교 학생 강경대의 죽음 이후 학생과 노동자가 연이어

자살하면서 분위기가 어두워졌는데, 그해 말 소비에트 연방이 갑작스럽게 해체되었다. 학교 안팎의 분위기가 돌연 차갑게 가라앉았다. 이런저런 핑계로 툭하면 모이곤 했던 선배와 동기 들이 서먹해지더니 잘 모이지 않았다. 1991년에 입학한 후배들은 학생회에서 하는 교양 세미나 같은 학회에 참여하기보다 영어 공부에 열중했다.

갑작스럽게 달라진 분위기에 이질감을 느낀 건 사실이었지만 한편으로는 후련했다. 무라카미 하루키와 이인화의 책이 인기를 끌고 하일지의 소설이 화제가 되었다. 공지영의 『고등어』 등 후일담 소설도 나오기 시작했다. 이 모든 책이 세상에 가치와 의미를 지닌 것은 아무것도 없다, 오로지 개인과 그들 각자의 욕망이 있을 뿐이라고 소리치는 것 같았다. '러시아 니힐리즘'이 어쩐지 그 상황과 어울린다고 생각했다.

19세기 말, 러시아가 혼란에 빠져 있을 때 등장한 니힐리즘은 과거의 가치는 모두 붕괴됐다는 자각에서 비롯되었다. 그 자리에 새로운 가치를 세우려는 사람은 혁명을 일으키고 그렇지 않은 자는 무정부주의자가 되었다. 하지만 니힐리즘은 사회 변혁보다 개인이 먼저였다. 스테프냐크는 니힐리즘을 이렇게 정의했다.

"니힐리즘은 모든 구속으로부터 벗어나려는 일종의 문명인의 투쟁이었다. 니힐리즘의 근본 사상은 사회·가정·종교가 개인에게 부과한, 모든 책임에 대하여 개인적 자유의 이름으로 행해진 부정denial에 있었다. 니힐리즘은 국가의 압제에 대한 저항이기보다는, 개인의 내면적인 삶에 가해진, 도덕적인 압력에 반항하는, 열정적이고도 강력한 일종의 반동backlash이었다."

　내가 읽었던 러시아 사상사는 모두 베르댜예프가 쓴 것이었는데(번역된 것이 그것뿐이어서), 그는 니힐리즘이 이제까지의 관념적이고 인습적인 도덕의 허구성에 대해 반기를 들었을 뿐, 선善과 진리에 기초하고 있다고 했다. 그래선지 당시의 니힐리스트는 방탕하기보다 금욕적이었다. 버터를 너무 많이 먹었다고 신에게 참회 기도를 하면서 괴로워했다는 수도사의 이미지는 내게 러시아 니힐리스트를 대표하는 이미지로 뚜렷이 각인되어 있다.

　옳다고 믿었던(멋있다고 생각했던) 지배적인 가치가 사라지니 판단이 어려워졌다. 이제까지는 어느 편인가만 물으면 됐다. 누가 좋은 사람인지는 내 편인지 아닌지만 따지면 될 일이었다. 그런데 더 이상 인간이 간단하지 않았다. 각자의 욕망으로 구성한 개개인은 복잡하기 이를 데 없었다.

소설보다 자서전과 평전을 더 많이 읽게 된 것은 이 무렵이다. 천상의 작품을 만든 예술가가 개인적으로는 탐욕스럽고 폭력적이고 사악하며 야비한 사람이라면, 이 사람과 작품을 별개로 판단해야 할까? 그가 만일 차별주의자이고 권력에 아첨하며 사회적 약자를 괴롭히는 비열한 악한이라면? 그러나 가족을 비롯해서 자기와 가까운 사람에게는 사랑과 애달픔이 넘치는 다정한 사람이라면?

나는 또 어떤가. 내 안의 속물성과 비뚤어진 욕망, 허영, 때때로 솟아나는 사악 같은 것을 잘 알면서도 나는 나 자신을 좋은 사람이라고 여겼다. 그러다 평전과 자서전을 읽으면서 한 인간 안에 이 모든 것이 뒤섞여 있을 수 있음을 조금씩 인정하게 되었다. 정말 사랑할 만한 인간은 완벽한 인간이 아니라 삶을 통해 끊임없이 자각하고 성찰하고 변화해서 조금씩 나아지는 인간이라는 것도 알게 되었다.

네 권이나 되는 책을 홀린 듯 단숨에 읽었던 홋타 요시에의 『고야』는 그런 점에서 내게 기념비 같은 책이다. 세계적으로 이름이 알려진 예술가에게 사람들은 위대한 작품만큼이나 견결한 삶을 기대한다. 자신의 예술 세계를 완성하기 위해 고군분투한 영웅을 바란다. 하지만 책 속의 고야는 뜻밖의 인물이었다.

궁벽한 시골에서 태어나 입신과 출세를 위해 수단과 방법을 가리지 않았던 속물 출세주의자, 세상이 변하면 누가 실세인지를 파악해 초상화부터 그려 바치는 처세의 달인, '걸어 다니는 페니스'라고 불릴 정도로 지칠 줄 모르는 성욕으로 아내에게 무려 스무 명의 아이를 낳게 하고, 뭇 여성과의 스캔들까지 양산했던 욕정의 화신, 그런 고야의 모습이 책에 가득했다.

그를 둘러싼 어떤 이야기는 사실이 아니었다. 작품보다 스캔들로 더 널리 알려진, 옷을 입고 벗은 마하의 초상화는 스페인 왕정이 힘을 잃어 가던 당시 새로 부상한 젊은 권력자 고도이를 위해 그린 그림이었다. 마하의 모델로 알려진 알바 공작 부인과 고야 사이에 염문이 있었던 것은 사실이지만 그 그림은 고도이의 주문에 따라 그의 애인들 중 한 명을 그린 것으로 추정된단다. 몰락한 왕정의 화실에서 새 권력자가 원하는 그림을 그리는 고야, 그렇게 그는 시대와 온몸을 얽고 살았다.

고야가 살았던 시대는 서유럽 전체에 근대화가 이루어지던 때였다. 곳곳에서 왕정이 무너지고 혁명이 일어났으며, 침략 전쟁이 벌어졌다. 이성을 가진 개인이 대두되던 계몽의 시대이기도 했지만 그 혼란의 시기에 고야가 목격한

일본인의 '덕력'은 유난스러운 데가 있다. 고야, 몽테뉴의 평전을 쓴

홋타 요시에 역시 그런 사람 중에 하나인데, 아예 동경하는 인물이

살던 곳으로 이주해서 몇 년이고 지내면서 글을 쓴다. 『고야』도

훌륭하지만 『몽테뉴』 역시 흥미롭다. 『고야』와 『몽테뉴』를 읽고 나면

두 사람이 어딘지 비슷하다는 느낌이 드는데, 둘 다 내가 좋아하는

사람이다. 『고야』는 새 단장하고 한길사에서 여전히 나오고 있지만

『몽테뉴』는 절판되어 안타깝다.

것은 오히려 인간 안에 숨은 야만성과 광기였다. 고야가 고결한 예술 지상주의자였다면, 그가 과연 눈앞에서 벌어지는 전쟁의 참화, 권력의 만행 속에 숨은 인간의 맨 얼굴을 볼 수 있었을까.

혜밍웨이의 말대로 그는 "보고, 느끼고, 만지고, 쥐고, 냄새 맡고, 먹고, 마시고, 올라타고, 미끄러져 내려오고, 부러뜨리고, 함께 자고, 의심하고, 관찰하고, 사랑하고, 증오하고, 욕망하고, 두려워하고, 멸시하고, 경탄하고, 파괴했던 것을 믿었다." 고야는 1792년 매독으로 추정되는 질병으로 사경을 헤매다 청력을 잃었다. 감각을 잃는다는 것은 어떤 것일까. 그것은 인간이 감각을 가진 육체로 이루어진 존재라는 게 더 분명해지는 경험이다. 고야는 청력을 잃은 후 오히려 '육체를 가진 인간'으로 삶의 모든 것을 겪고 그렸다.

훗타 요시에는 만약 고야가 청력을 잃는 대신 죽어 버렸다면, 그는 그저 귀족과 왕가의 초상화, 감미로운 시골 풍경을 그린 그저 그런 궁정화가 중 한 명으로 남았을 거라고 단언한다. 고야가 그 후에 그린 그림인 「전쟁의 참화」 연작, 「검은 그림」 연작, 「1808년 5월 2일」, 「1808년 5월 3일」이 사람들에게 오래 기억되는 것은 저널리즘적 사실성보다 들키고 싶지 않은 인간의 야만성을 우리 눈앞에 대면시키기 때문이다.

전기를 읽노라면 한 인간이 태어나 자라는 동안 얼마나 복잡한 요소가 작용하는지, 그렇게 만들어진 인간 안에 얼마나 다양하고 복합적인 감정과 성격이 들어 있는지 깨닫게 된다. 전기 속 그들이 얼마나 훌륭하든 상관없이 나 역시 그렇게 자라 지금에 이르렀구나 싶어 나 자신이 소중해지기도 한다. 또 위대한 사람들 이면에 나와 같은 나약과 열등감이 있다는 걸 알게 되면 더 나은 인간이 되기 위해 조금 더 힘을 내 봐야겠다는 생각도 든다.

나의 서양미술 순례

　내가 인생의 책으로 꼽기를 주저하지 않는 책이 몇 권 있는데, 서경식 선생의 『나의 서양미술 순례』도 그 가운데 하나다. 대학에 들어가자마자 우리가 알지 못하던 진실이 폭포처럼 쏟아졌다. 4월이 되면 제주4·3사건을, 5월이 되면 광주민중항쟁을, 6월이 되면 1987년 민주화항쟁을 기렸다. 학교에는 대자보가 빼곡하게 나붙었고 과, 단과대, 총학생회 자료집도 쏟아졌다. 아무것도 모르고 있었다는 자각은 부끄러움이 되고, 다시 죄책감이 되었다.

　하지만 최루탄 자욱한 거리에서도 계절은 아름다웠다. '캠퍼스의 낭만은 개뿔' 하는 마음 곁에는 언제나 들뜬 마음이 있었다. 공강 시간에 학교 안을 배회하면 꼭 소풍 온 것 같았다. 힘을 주어 대의를 말하는 선배를 보면 주눅이 들고 (날라리 선배도 많았는데, 왜 그런 선배들과만 놀았을까?), 화사해졌던 마음이 착잡해졌다. 도서관에 들락거린 것은 책이 좋아서라기보다 그냥 조용히 숨어 있을 데가 필요해서였다.

그렇게 오가다 『나의 서양미술 순례』를 만났다. 지금이야 대학 시절 유럽 배낭여행이 필수지만 그때 해외여행은 우리 평생에 이뤄 볼 수나 있을까 싶은, 손에 잡히지 않는 꿈 같았다. 지금 살고 있는 세상만으로도 버거워서 그 바깥을 기웃거릴 식견도 여유도 없었던 나는 어느 돈 많고 태평한 예술 애호가의 서양 미술 관전기겠지 하면서 이 책을 집어 들었다. 꼭 교과서같이 생긴 작은 판형에 도판의 상태도 매우 불량했다.

저자인 서경식 선생은 아버지가 일제 시대 때 일본으로 이주하면서 거기서 태어나 자란 재일 조선인이다. 일본이 경제적으로 한국보다 우위에 있었기 때문인지 그때 나에게 '재일 교포'라는 말은 돈 많은 집으로 일찌감치 양자 들어간 친척 같았다. 뭘 몰라도 한참 몰랐다. 저자도 미술도 모르는 이중의 어려움 속에서 이 책을 집어 든 건 대학생이 되었으니 교양도 좀 갖춰야 할 것 같고, 잘 모르는 것도 알고 싶어서였다.

프랑스의 낭만과 영국의 위엄이 살아 있는 고전 명화들을 기대했는데, 첫 그림부터 생면부지에 고개를 돌리고 싶은 고통으로 가득 차 있었다. 첫 그림 「캄비세스 왕의 재판」은 화가 헤럴드 다비드가 그린 것인데, 살아 있는 사람의 살가죽을 장인이 섬세하게 벗기고 있었다.

선생은 중세 종교화 가운데 아름답기로 유명해서 나도 아는 프라 안젤리코의 「수태고지」를 보러 산마르코수도원까지 가서는 「책형도」에 마음을 빼앗긴다. "못이 박힌 두 손에서 떨어지는 피, 발의 상처에서 흘러 떨어져 기둥을 적시고 바닥으로 번져 나가는 피, 그리고 오른편 가슴의 성흔에서 포물선을 그리며 분출하는 피……."

무심히 지나가는 서유럽의 정경과 이런 그림들 위로 일본에서도 한국에서도 받아들여지지 않는 재일 조선인인 자신, 조국으로 유학 갔다가 간첩으로 몰려 모진 고문을 견디며 십 년 넘게 수감 생활을 하는 두 형, 아들들의 고초를 지켜보다가 병에 걸려 차례로 세상을 떠난 부모님, 그런 부모를 수발하며 제 삶을 챙겨야 했던 누이의 얼굴이 차례로 흘러갔다.

담담한 어투 속에서 선생이 감당해 온 슬픔과 아픔을 가늠할 수 있었지만 선생은 자기 연민에 빠져 비극을 과장하기보다 이 세상 모든 곳의 아픔을 자기 것처럼 느끼고 있었다. 자기 삶에서 비롯되었으나 거기에 머물지 않다니. 나는 선생이 좋아졌다. 선생이 오래 쳐다보는 사람들은 "진정 나는 누구인가를 끊임없이 물어야 하는 사람", "수첩과 도장으로 늘 자신을 증명해야 하는 사람", "늘 죽음의 벽을 바라보고 있는 사람", "모어母語의 공동체로부터 떼어져 다른 언어공동체로 유랑해 간 사람들"(『디아스포라 기행』)이다.

선생이 타자에 대한 거대한 폭력으로 인류사에 남은 아우슈비츠에 오래 머문 것은 당연했다. 2차 세계대전이 끝날 때까지 나치 독일의 손이 미치는 모든 지역에서 유대인 사회가 파괴되었고 약 9백만 명의 유럽 유대인 중 3분의 2가 살해됐다. 특히 폴란드, 리투아니아, 라트비아, 체코슬로바키아에서는 유대인 주민의 90퍼센트가 죽었다. 죽는 게 차라리 축복일 수용소마저 대부분 육체노동이 가능한 젊은 남녀만이 갈 수 있었고, 남은 노인과 아이, 여자, 환자는 수용소에 가지도 못한 채 죽었다. 수용소의 최종 목표도 결국 절멸이었다.

18세기 말 이래 계몽주의는 보편적 인간이라는 이념을

받들었다. 그 덕분에 노예 제도가 사라지고 여성의 권리가 옹호되었으며 타자를 향한 각종 차별과 편견이 비판받았다. 이성의 힘으로 역사가 착실하게 진보하고 있다고 믿을 무렵, 20세기 한복판에 제국주의와 전쟁이 나타났다. 이렇게 써 놓고만 보면 20세기에 어떻게 이런 일이 싶겠지만 이런 일은 인간의 역사에서 반복되어 왔다.

아메리카 대륙에 먼저 상륙한 에스파냐인의 이야기를 적은 라스 카사스의 『인디언 파괴에 관한 간결한 보고서』에 따르면 에스파냐인이 아메리카에 도착한 이후 40년 동안 1,200만 명 내지 1,500만 명의 원주민이 희생되었다. 영국이나 프랑스가 식민지에서 저질렀던 일, 노예 무역을 비롯해서 아프리카에서 일어났던 일, 일본이 중국이나 한국에 했던 일도 다르지 않다. 베트남에서 한국군이 했던 일, 군부가 광주에서 했던 일은 또 무엇이 다를까?

『나의 서양미술 순례』에 이런 이야기는 단 한 마디도 나오지 않는다. 아무것도 모른 채로도 책을 읽는 동안 그림과 분위기만으로 자꾸 슬프고 아팠다. 그 그림들이 갖고 있는 폭력의 기억, 냄새, 감촉, 뭐라고 표현할 수는 없지만 '싫은 느낌'이 자꾸 어떤 기억들을 환기시켰다. 그 후로 선생이 쓴 『청춘의 사신』, 『소년의 눈물』, 『디아스포라 기행』, 『고뇌

재일 조선인 서경식 선생은 빼어난 에세이스트로 이름이 나기 전,
비전향 장기수 서준식과 서승의 동생으로 더 유명했다. 정부에서
조작한 재일 교포 간첩단 사건의 주모자로 1971년에 잡혀 수감된
서준식과 서승은 각각 1988년과 1990년에 출소했다. 모진 고문을
못 이겨 정부에서 원하는 답을 자신도 모르게 말해 버릴지 모른다는
두려움에 난로를 껴안고 분신을 시도했던 서승은 한때 사형수였다.
서준식은 1971년부터 1988년까지 옥중에서 쓴 편지를 여러 차례
펴냈는데, 나는 형성사에서 나온 이 책을 서경식 선생님의 책보다
먼저 보았다. 그 후 야간비행에서 『서준식 옥중서한』을 묶어서 펴냈고,
2015년에 노동사회과학연구소에서 저자 교열판을 다시 냈다.

의 원근법』,『나의 조선미술 순례』등의 모든 책에서 미술과
음악, 문학은 끊임없이 그 느낌과 기억을 재생시킨다.

　　나는 서경식 선생이 이 재생의 노력을 지금처럼 계속
해 주기를 바라면서 선생의 신간이 나오면 무조건 산다. 책
을 만든다면 이런 책을 만들어야 할 거라고도 생각했다. 고
통을 기억하는 것이 즐거운 일은 아니다. 그래서 선생이 지
치지 않기만을 빈다(책은 제가 계속 사고 소문도 내드리겠
습니다). 한나 아렌트가「우리 망명자들」이라는 글에서 이
렇게 말했단다. "망명자는 싸우는 대신에, 또는 어떻게 하면
저항할 수 있는지를 생각하는 대신에 친구와 친척의 죽음
을 바라는 데에 익숙해져 버렸다. 누군가 죽으면 그 사람은
이제 어깨의 짐을 전부 내려놓았구나 하고 쾌활하게 생각해
보곤 한다."

　　서경식 선생은 이 말을 받아 이렇게 썼다. "아는 재일
조선인 중에 자살한 이들을 한 사람 한 사람 떠올려 봐도,
화를 내야 할 때 서글프게 웃고 하고 싶은 말도 제대로 못하
다가 스위치를 뚝 끄듯이 사라져 버렸다는 인상이 강하다.
그런 죽음과 만났을 때 나의 마음에 일어나는 감개는 잘 표
현할 수 없지만, '아, 역시나' 하는 심정에 가깝다. '그 사람
은 이제 어깨에 짐을 전부 내려놓았구나' 생각하고픈 마음

을 알 것 같다."

『나의 서양미술 순례』에서 가장 인상적인 작품은 「상처를 보여 주는 그리스도」라는 채색 테라코타상이다. 15세기의 첫 사반세기 때 작품으로, 조각가가 누군지도 알려지지 않은 채 피렌체의 산타마리아누오바의료원 부속 건물 출입구 위를 장식하고 있었으리라 추정된다고 전할 뿐이다. 지친 얼굴의 그리스도 조각상은 두 손의 손가락으로 오른편 옆구리의 상처를 활짝 열어 보여 주고 있었다. 상처는 깊은 구멍으로 움푹 파여 있었다.

나는 서경식 선생과 고통받은 모든 사람이 그 그리스도의 표정으로 자신의 상처를 내보이고 있는 것은 아닐까 생각해 보곤 한다. 그걸 보는 순간 언어와 민족, 국가를 초월해서 느낌으로 전해지는 것, 책을 만드는 사람이 된 후로 나는 내가 만드는 책이 그런 것들을 담았으면 하고 바란다. 아쉽게도 아직 이루지는 못한 것 같다.

이것이 인간인가

대학 신입생 오리엔테이션을 하고 난 후, 우리 학번이 모두 모여 저녁을 먹었다. 아직은 모두 서먹한 때였지만 그래서 어느 누구와 앉아도 아무 상관이 없었다. 우리는 번호 순서대로 앉았고 서로 어색해하며 어떤 아이가 나와 친구가 될까, 어떤 아이가 나와 맞는 아이일까, 주변을 탐색하듯 흘깃거렸다. 처음부터 활달하게 이 친구 저 친구에게 말을 잘 거는 아이도 있었지만 나는 중간중간 끼어 앉은 선배들의 질문에 조그맣게 대답을 하는 게 다였다. 어색해지면 해물이 몇 조각 떠 있는 멀건 해물 찌개 국물을 떠 입에 넣었다.

사람 수가 많아선지 찌개는 금세 바닥을 보였다. 새우

나 게 등이 남아 있었지만 손으로 집어 먹지 않으면 안 돼서 모두들 모른 체하고 있었다. 그때 내 앞에 앉아 있던 한 아이가 높고 맑은 목소리로 "뭐하는 거야? 이 맛있는 걸!" 하더니, 게를 집어 들어 살을 발라내기 시작했다. 아주 작은 게여서 살을 발라내는 것도 쉽지 않았다. 아이는 어렵게 발라낸 작은 살을 내 앞접시에 올려놓더니 다른 아이들의 접시에도 골고루 올려 주었다. 그러고는 남은 게 껍데기를 입에 넣고 쪽쪽 빨았다.

모두들 긴장하기도 하고 어색하기도 해서 가라앉은 분위기는 그 친구의 그런 천진한 행동 덕분에 갑자기 확 풀어졌다. 옆에 앉은 친구의 이야기 소리가 조금씩 크게 들려왔고 간간이 낮은 웃음소리 같은 것도 섞였다. 나는 앞에 앉은 그 아이를 다시 바라보았다. 긴 생머리에 하얀 얼굴, 양 볼에 여남은 개의 주근깨가 흩어져 있는 예쁜 아이였다. 만화에 나오는 '빨강 머리 앤'이 환생한 것 같았다. 특별히 친밀한 사이가 되지는 못했지만 그 친구를 볼 때마다 찌개 국물에서 덥석 게를 집어 올리던 모습이 떠올랐다.

그 친구는 태어나면서부터 사랑받아 자신이 하는 행동을 누구도 싫어하지 않는다는 확신이 있는 사람이 가진 말투와 행동으로 많은 친구의 사랑을 받았다. 나 역시 그 아이를 좋아했다. 그러던 어느 날부터 그 아이가 학교에서 보이지 않았다. 3학년이나 되어 유유상종하는 무리가 만들어진 때라 어찌 된 영문인지는 알 수 없었다. 밝고 천진한 그 친구와는 애초부터 친구가 될 수 없는 운명이었기에 무슨 사정이 있겠거니 생각했을 뿐, 더 알아보려고 하지도 않았다.

졸업반이 되었을 때, 그 아이가 다시 나타났다. 그런데 내가 알던 그 모습이 아니었다. 마른 체형의 늘씬했던 몸이 스스로 가누지 못할 만큼 비대해져 있었다. 친했던 친구 두어 명이 그 아이를 부축하고 다니는 모습을 강의실 근처에서 자주 볼 수 있었다. 예전처럼 밝게 웃는 얼굴은 변함없었지만 그늘이 보이는 순간이 더 많았다. 무슨 일이 있었던 것일까? 자세히 알아볼 엄두가 나지 않았다. 아무런 도움이 되지도 못할 거면서 뒷이야기를 캐는 것은 어쩐지 옳지 않은 일만 같았다.

졸업 후, 초짜 사회인으로 내 앞가림하기에도 바빴던 나는 그 아이를 까맣게 잊고 지냈다. 자세히는 모르지만 어디가 아팠다는 이야기는 들은 터라 졸업한 후 차분하게 시간을 들여 치료하고 예전처럼 어여쁜 모습으로 사랑받으며 사회생활을 하고 있겠거니 짐작했다. 그러던 어느 날, 그 친구가 죽었다는 뜻밖의 소식이 들려왔다. 자살이었단다. 학교에서 사라진 시기에 치료가 불가능한 관절염을 진단받았던 그 아이는 친구들의 도움으로 가까스로 학교를 마치고 집에서 지내다가 식구들이 집을 비운 사이 투신했단다.

그 소식을 전한 친구와 한참 말없이 앉아 있었다. '어째서?' 하는 의문과 함께 어쩐지 알 것 같다는 기분도 들었다. 그때부터였다. 사람은 왜 살까, 내가 사는 의미는 뭘까 하고 묻는 대신 사람은 왜 죽지 않고 살고 있을까 하고 생각하게 됐다. 끝내 살지 못한 사람들의 이야기가 그 이유를 알려 줄 것 같아 그런 책들을 사 모았다. 보잘것없는 내 서가 한 귀퉁이는 어느새 이런 책으로 가득 찼다.

그 가운데서도 내가 가장 좋아하는 책은 이탈리아 화학자이자 작가인 프리모 레비의 책들이다. 그는 이탈리아 파시즘에 대항해 레지스탕스로 활동하다 아우슈비츠로 보내졌다. 그리고 그가 '인간 실험실'이라고 불렀던 수용소에서 8개월 만에 살아 돌아왔지만 1987년에 유서 한 장 없이 돌연 자살해 버렸다. 아우슈비츠 생존자가 따뜻한 집과 고향, 가족이 있는 곳으로 돌아왔는데 갑자기 죽어 버리다니. 그는 대체 왜 그랬을까. 프리모 레비의 삶과 죽음을 안 순간부터 나에게는 이것이 인간 존재의 수수께끼였다.

인간으로서는 도저히 살 수 없는 곳에서 살아 나올 수

있는 존재이면서, 죽을 이유가 없어 보일 때 삶을 포기할 수 있는 존재. 그 사이에 인간이라는 존재의 비밀이 숨어 있을 것만 같았다. 프리모 레비만이 아니었다. 그런 사람들은 적지 않았다. 『자유죽음』이라는 책을 쓴 장 아메리, 『우리는 아우슈비츠에 있었다』를 쓴 타데우슈 보롭스키, 비록 생물학적으로 목숨을 끊지는 않았지만 사회적으로는 죽은 것과 다름 없었던 소비에트 연방 강제 수용소의 생존자 바를람 샬라모프(『콜리마 이야기』) 같은 이가 그들이다.

강제 수용소 생존자들의 삶을 추적해 『생존자』라는 책을 남긴 테렌스 데 프레 역시 스스로 목숨을 끊었다. 물론 수용소에서 살아 돌아와 인류의 비극을 증언하며 천수를 누린 빅토르 프랑클, 엘리 위젤, 로베르 앙텔므, 임레 케르테스 같은 이도 있다. 하지만 나는 늘 끝까지 살지 못한 이들에게 마음이 쓰였다. 그들이 삶 너머로 사라지기까지의 마음이 궁금해 소설로 재구성한 이야기들도 좋았다. 『벤야민의 마지막 횡단』이나 『슈테판 츠바이크의 마지막 나날』 같은 책이다.

배고픔, 추위, 분노 없는 구타, 항상 대기 중인 죽음, 모욕으로 가득했던 수용소에서도 프리모 레비는 자신의 동료로부터 그리고 바로 자기 자신으로부터 인간다움을 보겠다

프리모 레비의 책은 적지만 열혈 독자가 많아 대부분 번역 소개되었다.
『이것이 인간인가』가 나온 후, 『고통에 반대하며』까지 총 여덟 권의
책이 나왔다. 이 책들뿐 아니라 수용소에서 살아 나온 작가의 책에
큰 관심이 있는데, 이들 가운데 특히 스스로 죽음을 택한 사람들의
이야기에 늘 마음이 쓰인다.

는 의지를 잃지 않았고, 반드시 살아남아 자신이 목격한 일을 이야기해야 한다는 각오로 살아남았다. 그런데 왜 죽어버렸을까? 그 질문은 내게 중도에 삶을 포기한 모든 사람을 떠올릴 때마다 겹쳐 떠올랐다. 그리고 질문이 떠오를 때마다 집요하게 떠오르는 장면 하나가 있다.

프리모 레비의 『이것이 인간인가』에서 레비가 수용소에서 반복해서 꾼 꿈을 이야기하는 장면이다. 레비는 지옥 같은 수용소에서 벗어나 그리운 고향 집으로 돌아온다. 누이와 친구들과 맛있는 저녁을 먹고 난 후 따뜻하고 평화로운 저녁을 보낸다. 레비는 수용소에서 겪었던 허기에 대해, 자신을 때렸던 카포에 대해, 온갖 비인간적인 대우와 그럼에도 존엄을 잃지 않았던 동료들에 대해 이야기한다. 하지만 문득 둘러앉은 사람 누구도 자신의 이야기에 귀 기울이지 않고 있음을 깨닫는다.

그의 마음에서 서서히 자라나는 황폐한 슬픔, 그 생각이 자꾸 났다. 그를 죽음에 이르게 한 것은 자기 경험을 제대로 표현할 수 없을 거라는 막막함과 무력감, 아무도 이해하거나 공감하지 못할 거라는 절망감과 고립감, 나도 모르게 다른 이에게 카인이 되었을지도 모른다는 수치심이 아니었을까. 책을 만들 때면 레비의 꿈속에서 그의 이야기를 흘려들던 사람들을 생각한다. 나도 혹시 그러고 있지 않은가.

어제의 세계

　사람들이 말하는 '좋은 때'란 언제일까? 나이 든 사람이 젊은 사람에게 '좋은 때다' 할 때는 과거 같고, 어려움을 겪고 있는 이에게 '곧 좋은 때가 올 거다' 할 때는 미래 같다. 어쨌든 지금이 아닌 것만은 확실하다. 요즘은 어디서든 '선배는 좋은 때를 살아서'라는 말을 많이 듣는다. 이럴 때, 무슨 소리냐, 우리 때도 얼마나 치열했는데 하며 흰소리를 쳐야 제맛이겠지만 요즘 세상 돌아가는 것을 보면 맞는 말 같아서 잠자코 있는 편이다.

　하지만 정말 좋은 때였나? 내가 사회에 나올 때는 지금처럼 취업난이 무시무시하지도 않았고 비정규직이라는 말도 없었다. 그래도 가진 거라곤 달랑 대학 졸업장 하나뿐인 나 같은 사람도 졸업 후가 막막하긴 마찬가지였다. 내가 달리 내놓을 경력이라고는 아무짝에도 쓸모없는 학보사 소설 공모전 입선뿐이었다. 그 덕에 당시 여성의 유망 직종으로 떠오르던 방송 작가의 기회를 얻었지만 보조 작가로 한 일은 갖은 잔심부름이었다. 사회생활이 그런 식으로 시작한다는 걸 모를 만큼 어리지는 않았다. 잘 버티고, 잘 배우고, 실력을 닦으면서 기회가 찾아왔을 때 놓치지 않으면 그곳에 내 자리가 생긴다는 것도 알았다.

하지만 내 자리가 아닌 것, 그건 누가 가르쳐 주지 않아도 느낌으로 알 수 있다. 다른 거창한 꿈이 있어서가 아니다. 하루를 무사히 마치고도 다음 날이 되면 다시 새롭게 무거워지는 마음, 사무실 문 앞에서 서성대다 괜히 다른 층을 우회하는 발걸음, 요즘 어떠냐는 지인의 물음에 대답 대신 먼저 나오는 한숨. 크리스마스 특집 다큐멘터리의 원본을 밤새 정리하다가 문득 주위가 조용해진 것 같아 고개를 들어 보니 창밖으로 첫눈이 내리고 있었다. (하루키를 흉내 내려는 건 아니지만) 그 순간 여길 떠나야겠다고 생각했다.

작은 기획사에서 잡지와 사보마다 빠지지 않는 정보성 기사를 썼다. 내 이름 대신 다른 사람 이름을 달아도 그만일

기사였다. 데이트하기 좋은 레스토랑은 어딘지, 어느 한식당이 상견례 하기에 좋은지 같은. 때로는 여성 월간지에 시댁과의 갈등, 임신 중 남편에게 섭섭했던 일 등을 아는 이의 이름을 빌려 창작해 낸 적도 있었다. 더러 흥미로운 인물을 만나 인터뷰 하는 것은 재미있었지만 일 년쯤 지나자 한계가 왔다.

그 무렵 출판계에 있던 친구 하나가 『출판저널』에서 기자를 모집한다며 내가 좋아할 것 같다고 했다. 그제야 찾아본 그 잡지는 '신세계'였다. 급여는 적었지만 신간을 거의 모두 구경할 수 있다는 점이 유혹적이었다. 그 기회를 덥석 잡았고 운이 좋아 뽑혔다. 새로 나온 책을 가지고 기획 회의를 하는 시간은 꽤 재미있었지만 기사를 쓰는 건 다른 문제였다.

편집장님을 무사히 통과해도 주간님의 눈이 남아 있었다. 대지가 주간님 방에 들어가면 모두들 숨을 죽였다. 호명되는 기자들은 잔뜩 겁을 먹었는데, 고등학교를 졸업한 후 어른한테 그런 강도로 혼나는 건 모두들 처음이었기 때문이다. 군더더기가 많은 기사, 사실 관계가 정확하지 않은 기사, 어법이나 맞춤법이 틀린 문장, 주간님은 이런 것을 귀신같이 찾아내셨다. 가장 막내였던 나는 매호 가장 호되게 혼이

났는데, 주간님 방에 들어갔다 나오면 얼이 쑥 빠지고 밥맛이 뚝 떨어지고 더 이상 살고 싶지가 않았다.

기사가 너무 형편없어서 편집장님 서랍을 무덤 삼아 잠들기도 했고, 일간지 기자가 된 선배가 청탁한 기사에 사실 확인도 하지 않은 내용을 쓰기도 했다. 선배가 수정해서 싣긴 했지만 어찌나 부끄러웠는지. 내게 직접 그 사실을 지적하지 않은 것이 나를 배려한 까닭인지 구제불능으로 여긴 까닭인지 모르겠다. 이런 시간을 거쳐 나는 겨우 무난한 기사를 쓰게 되었다. 새삼 싹수 노란 놈이라고 포기하지 않고 가능성을 믿어 주신 선배들에게 고맙다.

경복궁이 건너다 보이던 그 사무실을 생각하면 나는 슈테판 츠바이크의 『어제의 세계』가 떠오른다. 이 책은 시인이자 소설가, 전기 작가였던 슈테판 츠바이크가 고향을 떠나 브라질로 망명한 후 쓴 회고록으로, 계몽주의가 만개한 20세기 초에 유럽의 수도로 불린 고향 빈과 그곳에서 만난 사람들의 이야기다.

그는 두 번이나 세계대전을 겪었다. 유대인이었기에 2차 세계대전 중에는 끊임없이 죽음의 위협에 시달리며 쫓겨 다녔다. 하지만 이 책에는 아름다웠던 시절에 대한 기억으로 가득하다. 특히 그는 한 민족이나 도시의 궁극적인 것,

가장 깊숙이 숨어 있는 것을 알려면 그곳의 가장 훌륭한 사람들을 알아야 한다고 믿었기에 이 책은 그가 만나고 헤어지고 사랑하고 미워했던 사람으로 가득 차 있다.

오귀스트 로댕, 로맹 롤랑, 지그문트 프로이트, 리하르트 슈트라우스 등 동시대 예술가와 학자를 통해 츠바이크는 위대한 예술의 비밀을, 아울러 현실에 속수무책인 예술의 무력을, 한계를 알면서도 진리를 끝까지 추구하는 태도를 배운다. 빈의 커피하우스에서는 친구들과 세상의 온갖 일에 대해 떠들고 가장 새로운 것에서 서로를 앞지르려고 경쟁을 벌이기도 한다. 우리도 『출판저널』 사무실의 신간 서가에서 읽고 좋았던 책들을 돌려 읽고 무엇이 어떻게 좋았는지 떠들기를 즐겼다. 정말 좋았던 책은 서로에게 슬쩍 감추기도 하면서 말이다.

츠바이크가 폴 발레리를 얼마나 오래전부터 좋아했는지 뽐내는 장면은 특히 좋았다. 츠바이크가 발레리의 시를 1898년부터 좋아했노라고 하자 발레리는 말도 안 된다며 자신의 첫 시집은 1916년에야 나왔다고 대꾸한다. 이에 츠바이크가 발레리의 첫 시가 실렸던 잡지의 모양과 색깔, 크기를 세밀하게 이야기한다. 발레리가 깜짝 놀라며 말한다. "젊은 사람들이란 그들의 시인을 발견하는 법이지요. 그것

슈테판 츠바이크가 아름답게 회고했기 때문인지 20세기 초반의
유럽, 특히 오스트리아의 빈은 늘 각별하다. 유럽의 문화 예술이
꽃피었던 시기, 그 중심지에서 어떤 일이 있었는지 책도 많이 나왔다.
『세기말과 세기초』를 시작으로 『1913년 세기의 여름』까지 관련 책이
나올 때마다 산다.

을 발견하려고 소망하니까요."

그때 우리는 모두 각자의 시인을 발견하길 소망하고 있었다. 그 시절 내가 가장 완벽한 하루로 기억하는 날은 어느 봄, 선운사로 회사 동료들과 여행을 갔을 때였다. 우리는 밤새 술을 마시며 이야기를 나누다 새벽녘에 선운사에 갔다. 어슴푸레한 새벽 공기에 잠겨 있던 선운사는 고요했다. 모두 동백꽃밭으로 몰려갔다. 나무 아래에는 붉은 동백꽃이 수북이 떨어져 있었다. 누가 시작했는지 모르겠지만 우리는 서로에게 그 꽃을 던지기 시작했다.

츠바이크는 전쟁 동안 깊은 절망에 빠졌으면서도 희망을 잃지 않았다. 그가 양차 세계대전 사이, 그러니까 1924년부터 1933년까지 10년의 시간을 간직했기 때문이다. 그는 "훗날 히틀러가 나에게서 아무리 많은 것을 빼앗아 갔다고 하더라도, 이 10년간은 내 자신의 의지에 따라, 가장 내적인 자유를 가지고 유럽인으로 살았다는 만족감—이것만은 히틀러라 하더라도 나에게서 몰수할 수도 파괴할 수도 없"다고 말한다.

언제든 『출판저널』 시절을 회상하면 나도 츠바이크와 같은 생각을 한다. 돈도 명예도 힘도 아무것도 중요하지 않았던, 오로지 나의 시인을 찾는 것이 가장 중요했던 시기.

그 시간은 아무도 빼앗아 갈 수 없다. 가끔씩 현실이 막막하고 나 자신이 초라해 슬퍼질 때면 아무도 내게서 파괴할 수도, 몰수할 수도 없는 시간이 있음을 떠올린다. 과거의 것은 모두 사라지고, 모든 성취와 삶이 파괴되었다고 느낀 순간, 새로운 삶과 시대가 시작되고 있음을 깨달은 츠바이크처럼.

"그러나 그 시대에 도달하기 위해서는 얼마나 많은 지옥과 연옥을 지나가야 한단 말인가! …… 그 (전쟁의) 그림자는 내내 나에게서 떠나지 않았다. 움직이지 않는 그림자가 밤낮으로 나의 모든 생각 위를 떠다녔다. 아마도 그 그림자의 어두운 윤곽은 이 회상의 서書의 많은 페이지 위에도 드리워져 있을 것이다. 그러나 모든 그림자는 궁극적으로 빛에서 태어나는 것이다. 그러므로 새벽과 황혼, 전쟁과 평화, 상승과 몰락을 경험한 자만이, 그러한 인간만이 진정으로 살았다고 말할 수 있을 것이다."

바람이 우리를 테려다주겠지

아이를 키우는 일은 어느 순간도 쉽지 않았다. 아기의 사랑스러움에 마냥 넋을 놓고 있기에는 책임이 무거웠고 무엇보다 아이의 하루하루는 상상을 초월하는 육체적·감정적 노동을 필요로 했다. 아이 둘을 17개월 터울로 낳으니 일을 하는 게 사실상 불가능했다. 딸이 자신과는 다르게 살았으면 했던 친정 엄마를 쥐어짠다면 가능했겠지만 엄마는 큰아이를 일 년 넘게 돌봐 주신 것만으로 체력적으로 이미 한계점에 다다라 있었다.

게다가 내게 주어진 삶의 모든 순간을, 설사 고통일지라도 모두 맛보고 싶었기에 다시는 올 수 없는 그 시간을 속

속들이 경험하고 싶었다. 첫아이 하나만 키웠더라면 알지 못했을 숱한 어려움을 둘째 아이를 통해 알았다. 신생아 때 하루 스무 시간씩 잘 자고 깨어서도 소리 한 번 내지 않던 큰아이와 달리 둘째는 잠시도 엄마 품에서 떠나지 않는 아이였다.

곤히 잠들었다 싶어서 품에서 내려놓으면 끝도 없이 울었다. 잘 때는 물론 화장실에 갈 때도 안고 가야 했다. 족쇄라는 게 이런 거려니 싶어 어느 날은 화장실에서 아이를 안고 엉엉 울었다. 그런 둘째 때문에 큰아이가 받은 스트레스도 만만치 않았을 것이다. 아직 아기였던 큰애가 마땅히 받았어야 할 사랑을 나눠야 했던 것에 늘 죄책감을 느꼈다.

둘째 아이 백일이 좀 지나고 나서 전 직장 상사가 새로운 일에 합류했는데 함께하지 않겠냐고 제안해 왔다. 난감했다. 아직 아이 젖도 떼지 못했을 때였다. 아이 둘을 친정 엄마에게 맡기는 것은 차마 못할 일이었다. 하지만 평생 네 아이를 키우며 살림만 하면서 아무런 존중도 이해도 받지 못했던 엄마의 한이 이 어려운 일을 자청하게 만들었다.

이제 막 시작하는 회사라 업무량이 어마어마했다. 밤 퇴근은 예사고 집에 못 들어가는 날도 많았다. 오후가 되면 먹이지 못한 아이 젖 때문에 몸살을 앓았다. 다행인지 불행인지 불과 몇 달 만에 일을 그만두어야 했다. 정리해고였다. 2000년은 벤처 열풍으로 기억되는 해다. IMF 금융 위기가 지나고 서서히 불던 벤처 열풍이 이해에 정점을 찍었다. 2000년 한 해만 3,864개의 벤처 기업이 새로 등록했고 아이디어 하나로 거액을 투자받을 수 있었다. 강남 테헤란로 일대의 꺼지지 않는 불빛이 연일 언론에 오르내렸다. 하지만 시장의 검증은 혹독했다. '묻지 마 투자' 열풍 뒤로 진수식도 치르지 못한 배들이 쌓였다.

우리 사업 아이템은 유료로 도서 요약본을 제공하는 것이었다. 동·서양의 고전과 최신간까지 도서를 요약해 제공하되, 모든 콘텐츠는 해당 문학 전공자 가운데 박사 과정 이상에게 맡겨 단순한 줄거리 요약이 아니라 작가 소개 및 도서평까지 양질의 내용으로 담아 원본을 직접 읽고 싶게 만들자는 데 뜻을 모았다. 하지만 곧 벤처 기업의 겨울이 시작되었다. 약속된 투자금은 불투명해지고 새로운 투자처는 자취를 감췄다. 반 이상의 직원이 해고되었다. 직장에서 하루아침에 잘린다는 것은 우리 세대에게는 낯선 일이었다.

집에 돌아와 아이 둘과 마주 앉으니 막막했다. 나중에 어떻게 될지 모르니 사회와 실낱같은 인연이라도 이어 두어야 한다는 조바심에 닥치는 대로 일을 맡았다. 초벌 번역

된 원고를 다듬고, 여성지에 기사도 썼다. 갓난아이와 세 살 짜리 아이 둘을 돌보며 일을 하는 것은 거의 극기 훈련이었 다. 마감 기한이 닥쳤는데 컴퓨터는 고장 나고 큰아이가 로 타 바이러스에 감염되어 며칠째 먹은 걸 다 토하고 있을 때 는 이러고 살아야 하나 싶었다.

작은아이를 엄마에게 맡기고 축 늘어진 아이를 들쳐 업 은 채 아침부터 병원을 뛰어다니다가 가까스로 잠든 아이를 안고 이웃 이모네 집 컴퓨터를 빌려 작업하는데, 잠들었던 아이가 겨우 먹여 놓은 멀건 미음을 뿜어내듯 다 토했을 때 는 나도 모르게 눈물이 뚝뚝 떨어졌다. 아이가 아픈 것도 내 책임 같고, 돈도 안 되는 일을 한다고 나대는 것도 이기심 같았다.

원래도 먹성이 좋지 않던 아이가 사흘째 토하기만 하니 금방 피골이 상접했다. 이 병원 저 병원을 돌아다녔는데도 나을 기미가 보이지 않아 결국 대학병원 응급실을 찾았다. 내가 절박해 보였는지 젊은 의사가 바이러스가 소화 효소가 있는 장 내 융털 부분을 날렸으니 그 부분이 다시 재생되기 를 기다리는 수밖에 다른 치료법이 없다, 길면 엿새 정도 걸 릴 텐데 그 안에 아이가 탈수되지 않도록 하는 것 외에 아무 것도 할 게 없다고 자세히 설명해 줬다. 엄마가 할 수 있는 일이 기다리는 것밖에 없다는 말에 얼마나 안심이 되던지.

단 몇 시간이라도 집중해서 일을 하려고 어린이집을 알아보러 다녔지만 지친 교사와 유아용 비디오 앞에 옹기종기 모여 있는 아이들을 마주치고는 마음을 접었다. 대신 아이들이 자는 시간에 게릴라 작전 하듯 일을 하고, 둘째가 잠들면 엄마를 보초 세워 놓고 큰애와 뒷산을 산책하거나 일주일에 한 번 짐보리에 데려가 온전히 엄마를 차지할 수 있는 시간을 만들어 줬다. 큰애가 여섯 살이 되었을 때, 드디어 아이들이 유치원에 다니기 시작했다.

유치원에 가던 첫날은 왜 그렇게 허전하고 눈물이 나던지. 아이들이 빠져나가 텅 비어 버린 그 시간을 어떻게 채워야 할지도 막막했다. 아직 적응기라 고작 두 시간이었는데 말이다. 물론 그 시간은 그렇게 길지 않았다. 수년 만에 맛보는 자유에 금방 적응했다. 도리어 연휴 기간이 죽을 맛이었다. 아이들이 학교에 입학하고 나는 겨우겨우 학부모가 되었다.

돌이켜 보니, 엄마가 되고부터 학부모가 되기까지 어떤 철학도 없었다. 아이가 함께하는 삶은 늘 낯설고 두려웠다. 그런 내게 신념과 긍지로 아이를 키우는 엄마들의 이야기는 늘 머리를 쥐어박는 것 같았다. 『바람이 우리를 데려다주겠지』 같은 여행 육아서가 더 그랬다. 나는 책 속의 엄마처럼 영어가 능통하지 못해 언어가 열어 줄 더 큰 세상을 아이에게 만나게 할 수도 없었고, 세 돌 된 아이와 터키로, 아랍으로 여행을 떠날 용기도 없었으며, 저자가 출산과 모성의 진한 체험이라고 표현한 삶의 변화들에 고개를 갸웃거렸다.

일상은 너무 번잡했고, "무조건적인 사랑을 베풀며 나 자신이 받은 사랑의 기억을 떠올리고 화해와 치유의 시간을 갖"기는커녕 내 '상처와 얼룩'이 아이에게 나쁜 유전자가 되지나 않을까 노심초사했다. 얼떨결에 아이를 연년생으로 둘이나 낳아 내가 옳다고 생각하는 방식으로 굳건히 키우지도 못하고, 그렇다고 세상의 방식대로 아이를 키우지도 못하고 회의와 갈팡질팡하기만 거듭했다. 하지만 저자는 말한다.

"부모가 어린아이의 교육을 위해 해 줄 수 있는 것은, …… 지금이 아니면 영원히 갖기 힘든 것이 잘 자리 잡을 수 있도록 도와주는 일이다. …… 정말로 늦어지거나 실기하면 그 사람의 영혼과 인격 밖으로 걸어 나가 되돌아오지 않는 것들, 필생의 숙제가 되는 것들 …… 부모가 따로 시간과 돈과 품을 내어 아이에게 해 주어야 할 것은 어떤 식으로든 아이의 영혼과 관계를 맺고 있는 것이어야 한다."

이 저자는 그런 것들이 무엇인지 다 알고 있으며 그것을 실행하고 있구나, 나는 어미인 주제에 그런 것도 몰랐구나 싶었다. 그저 결핍은 결핍대로 아이가 지닌 숙명이 될 것이고 아이는 어쨌든 그것을 이길 만큼 강할 거라고 합리화했다. 넘치는 모성을 아이에게 온전히 쏟아부으며 다시 태어나지도 못했다.

이 책을 읽으며 나는 불완전한 엄마들의 노심초사와 갈등이 더 많이 나오는 책이 보고 싶었다. 망설이고 번민하며 살아가는 엄마들이 그 어려움을 어떻게 극복하거나 받아들이는지, 그래서 어떻게 아이와 함께 조금씩 자라는지, 엄마의 책임으로 내맡겨진 그 많은 일을 어떻게 나눠야 할지 생각해 보고 싶었다. 아니 해결책 따위 기대하지 않은 채로 그저 그들의 겪는 난관에 귀 기울이고 싶었다. 아이는 삶에 축복이다. 하지만 거저 얻어지지는 않는다. 세상이 그걸 알아주었으면 싶다.

가족이 있는 풍경

아이들이 각각 다섯 살, 여섯 살이 되어 유치원에 다니자 일을 시작하고 싶었다. 어린이집에 단 하루도 보내지 않고 사내아이 둘을 집에서 '알바'해 가며 오 년 정도 키워 놓으니 뭐든 못하랴 싶었다. 사업가로는 전혀 재능이 없었지만 책 만드는 일이라면 다를 거라고 믿었다. 1인 출판으로 시작해서 일단 첫 책만 만들면 돈을 많이(!) 벌 수 있을 테니, 초기 투자금은 많지 않을 거라고 남편을 설득했다.

한겨레문화센터에서 연 '출판사 창업 과정'에 등록하고 출판에 대해 공부했다. 기획이나 편집은 잘할 수 있을 거라는, 지금 돌아보면 터무니없는 자신감으로 마케팅만 신경 썼다. 창업 선배들을 만나 이런저런 실무 이야기를 들었다.

한국은행을 그만두고 경제 잡지에서 편집장으로 일하다 사회과학 책을 펴내기 시작한 필맥출판사 이주명 사장님은 책 팔기가 얼마나 어려운지 웃지도 않고 농담을 했고, 창업 과정의 담임 선생님과 다를 바 없었던 청어람출판사의 정종호 사장님은 책 만드는 일의 보람과 가능성을 이야기하며 우리의 미래를 낙관했다. 초대 강사로 뵌 월북출판사의 홍영완 사장님이 재무 관리의 중요성을 힘주어 말할 때는 막연한 두려움을 느꼈다.

주부에게는 집도 일터라서 '옆방으로 출근'하는 일이 어려웠기에 고정 비용의 부담을 안고 사무실을 얻었다. 출판 분야는 진작부터 염두에 둔 것이 있었다. 회사라는 조직을 떠나 오랫동안 집이라는 울타리 안에서, 그 세계가 전부인 양 살아온 내가 가장 잘할 수 있는 분야는 가정·여성·가족·육아라고 생각했다. 세상의 큰 질문에 답을 찾으며 인류를 구원할 책을 만들고도 싶었지만 그런 책은 더 잘 만들 사람들이 얼마든지 있었다. 게다가 모든 사람이 인류를 구원할 필요는 없다. 자기 집 앞마당을 잘 가꾸는 것도 중요하니까.

나는 우리 가족이 잘 살기를 바라듯 세상 가족들의 안

녕이 궁금했고, 행복하거나 불행한 가정은 왜 그런지 이유도 알고 싶었으며, 모두 꿈꾸는 행복의 조건도 탐색해 보고 싶었다. 가정에서 여성과 남성이 갈등을 덜 겪으며 만족스럽게 살아가기 위해 무엇이 필요한지도 알고 싶었다. 남성은 그렇지 않은데 여성이기 때문에 맞닥뜨려야만 하는 갈등과 선택과 포기에 대해서도, 내가 마모되거나 사라진다는 느낌 없이 아이와 잘 지내는 방법도 궁금했다. 이제껏 머리 터지게 고민했던 일이니까 잘할 수 있을 것 같았다. 요리책이나 육아책 등의 실용서로 한정되어 있는 이 분야 책의 외연을 넓혀 보겠다는 야심도 품었다.

출판사 이름은 '뜰'로 정했다. 내가 가꾸고 싶은 공간, 그것이 가정이든 나 자신이든 그 모든 것을 아우르는 동시에 '뜬다', '난다'는 번창을 기원하는 마음도 담았다. 첫 책은 진작 정해져 있었다. 스웨덴 화가 칼 라손의 그림책이었다. 순전히 단 한 장의 그림 때문이었다. 햇빛이 찰랑대는 창가에 어깨를 나란히 한 화분들, 세상에서 가장 중요한 일을 하고 있다는 듯 그 화분들에 신중하게 물을 주고 있는 아이의 뒷모습이 있었다. 푸른 줄무늬가 인상적인 거실 의자들, 쿠션 하나 허투루 놓이지 않은 방이 너무 아름다워서 나중에 책을 만들게 되면 이 그림이 담긴 책을 꼭 내야지 결심했다.

그 그림을 그린 사람이 스웨덴의 화가 칼 라손이고, 내가 본 그림을 비롯해서 자신의 집과 가족만을 소재로 많은 그림을 남겼다는 사실을 알게 됐다. 그의 그림을 모아 1890년대 펴낸 『Ett Hem』(집에서)이란 책은 1차 세계대전 당시 수많은 참전 사병이 가족 대신 가슴이 품었던 책이라고 했다. 그만큼 가정과 가족의 이상으로 가득 찬 책이라는 뜻이다.

오리지널 책을 찾아 출간하고 싶어 온라인 스웨덴 서점까지 뒤졌지만 못 찾았고, 1970년대 미국에서 출간된 헌 그림책 몇 권을 아마존에서 찾아냈다. 산 넘고 바다 건너온 책은 예상했던 것처럼 소박한 그림과 따뜻한 이야기를 담고 있었다. 하지만 시대도 장소도 다른 만큼 옛 책을 그대로 내려던 계획은 포기해야 했다. 화가의 그림을 중심으로 지금도 공감할 수 있는 이야기로 재구성하기 위해 인테리어 서적, 화가의 자서전 등을 모았다.

자료가 모이자 시골 농장에서 자급자족하며 공동체와 더불어 살아가는 한 가족의 삶이 조금씩 그려졌다. 어린 시절 가난하고 불우했던 칼 라손이 어떻게 살기를 바랐는지도 그려졌다. 거대한 역사화를 그리는 대화가가 되길 꿈꾸며 벽화 그림으로 명성을 얻었지만 자신의 가정을 세심하게 살피고 돌보는 일도 그는 소홀히 하지 않았다. 실용적일 뿐 아니라 아름답기까지 한 공간을 손수 만든 아내 카린 베르그도 다시 보게 됐다.

그림을 모아 이야기를 만들면서 소망을 실현하고 있다는 뿌듯함도 느꼈지만 쉽지 않은 일에 덤벼들었다는 두려움도 들었다. 결과물을 만들수록 내가 생각하고 느낀 것을 제대로 구현하지 못한다는 낙담도 커졌다. 얼추 일을 다 끝냈을 때는 거의 십 개월 이상이 흐른 후였다. 이게 과연 책이 될 수 있을까. 원고는 그림에 비해 너무 허술한 것 같고, 헌책과 온갖 자료에서 스캔한 그림은 원작이 가진 빛을 반도 보여 주지 못하는 듯했다.

원고와 그림을 가지고만 있다가 어느 날, 이게 나의 한계라고 마음을 정리하자 추진력이 생겼다. 고전적 우아함을 디자인에 담아내는 북디자이너 안지미 씨에게 디자인을 부탁했다. 디자이너는 4도 그림이 들어가는 책에 흔히 쓰는 종이가 아니라 바랜 듯한 얇은 종이를 내지로 선택했는데 그편이 수채화에 잘 어울렸다. 표지도 내지와 비슷하게 크라프트 종이 느낌을 살렸다. 판형도 보통 그림책 크기보다 훨씬 작게 만들었다.

몇 번이나 교정을 보고, 안 그래도 짧은 원고를 미련 없이 잘라 내고, 그림의 순서가 계절순으로 흐트러지지 않았는지 다시 한 번 확인하고는 마침내 인쇄를 돌렸다. 2003년 12월 중순, 드디어 책이 나왔다. 새 책을 껴안고 인터넷 서점과 직거래하는 대형 서점, 언론사를 돌아다녔다. 하지만 그들은 내가 사랑하는 만큼 책을 아껴 주지 않았다. 매일 쏟아져 나오는 책 중 하나였으니 당연했다.

몇몇 신문에서 책 소개를 적지 않은 크기로 해 주자 누군가 알아봐 주었다는 것만으로 뿌듯했다. 이제 주문이 쇄도하겠지 했던 꿈은 얼마 지나지 않아 망상으로 밝혀졌다. 하지만 기획부터 자료 수집, 그림 골라 배열하기, 글쓰기 등의 과정을 완전히 혼자서 해냈던 일은 아직도 내 인생의 작은 성취 중 하나다. 몇 안 되는 독자가 이 책을 언급하며 애정을 표해도 마음 가득 자부심이 차오른다. 이런 게 바로 편집자의 보람이다.

책을 만드는 동안 그림의 주인공이었던 칼 라손의 아내와 일곱 명의 아이, 이웃과 작은 동물 그리고 그의 집 '릴라 히트나스'와 그 모든 것을 둘러싼 자연을 보며 어쩌면 집은 단순한 거처가 아니라 한 사람의 삶의 방식을 담는 그릇이 아닐까 생각했다. 북유럽 이케아 정신의 모티브로 불리는 그의 집 안팎 꾸밈새는 그의 삶 혹은 영혼 자체였다. 그런 집을 보면서 물건으로 치장한 집이 아니라 주인의 손길과 생각이 구석구석 닿아, 낡았지만 윤기 나는 그런 집과 가정을 만들겠다고 마음먹기도 했다.

그로부터 몇 년 후, 북유럽 인테리어가 대세로 떠올랐다. 지금도 식을 줄 모르는 북유럽풍 인기에 조금 늦게 이 책을 냈더라면 어땠을까 생각한다. 이제는 시중에서 구할 수 없는 이 책을 집에 몇 권 가지고 있는데, 나를 칼 라손에게로 이끌었던 그림에서 늘 손이 멈춘다. 어떤 한 장면, 말한마디가 책이 되는 경우도 있다. 세상이 아무리 소란스러워도 고요와 평화를 온전히 구현한 그 집안 풍경은 언제나 나를 미소 짓게 한다. 그 책 제목은 『가족이 있는 풍경—한 스웨덴 화가의 집과 가족 이야기』이다.

이제 서점에서는 구할 수 없는 내 첫 책이다. 집, 가정, 가족의 이상을
모은 것 같은 칼 라손의 이 그림책은 그림 한 장에서 비롯되었다.
지금까지 인기를 누리고 있는 북유럽 인테리어의 조상쯤 되는
그림들이라 몇 걸음만 늦게 냈더라면 어땠을까 하고 가끔씩 생각한다.

줄리언

출판을 시작했을 때, 가정과 여성에 관한 책을 만들겠다고 마음먹었다. 결혼과 출산 후에도 일을 계속하고 싶었던 내게 여성 문제는 매 순간 고뇌와 고통을 안겨 줬다. 하지만 그 긴박한 필요에 비해 책은 다양하지 않았고, 이 분야 책은 출판의 변방에서 푸대접을 받고 있었다. 세상의 반이 여성이고 그 여성의 삼분의 일쯤은 기혼이며 그들 중 반 이상은 아이가 있을 텐데, 무엇보다 책을 만드는 편집자 가운데 80퍼센트 이상이 여성일 텐데 말이다.

아무리 생각해도 이건 권력의 문제였다. 출판에서 무엇이 더 중요한 이슈인가를 결정하는 힘이 어디에 있는가 하는 문제 말이다. 현실의 나는 괴로웠다. 아이에게 무조건적인 사랑이 흘러넘치지 않는 내 마음에 죄책감을 느꼈고, 내 몫의 일을 하면서도 집안일과 육아를 제대로 하지 못할까 걱정했다.

제사를 비롯해서 시댁과 관련해 챙겨야 할 일도 혹시 놓치는 것은 없는지 신경 쓰였고, 아이의 알림장, 학교 행사 등도 잊으면 안 되었다. 일 때문인데도 귀가가 늦어지거나 휴일에 집을 비워야 할 때면 눈치를 봤고, 돌아와서는 더 잘 하려고 허둥거렸다. 대보름에는 오곡밥에 나물을, 김장철에는 김장을, 동지에는 팥죽을, 절기마다 여자가 해야 하는 일로 정해져 있는 일도 그냥 넘기지 못했다. 내가 자리를 비우면 그 자리를 친정 엄마를 비롯해서 다른 여성들이 메워야 하는 것도 미안했다.

직장에서 아빠인 남자가 하는 일과 엄마인 내가 하는 일은 크게 다르지 않다. 하지만 엄마들은 몇 푼 벌려고 가정을 내팽개쳤다거나 집안일 하느라 일을 소홀히 한다는 이야기를 들을까 노심초사한다. 아빠들은 가장으로 숭고한 노동을 하고 있다고 여겨지지만 엄마들의 노동은 항상 잉여다.

어린아이를 둔 여성은 출근할 때마다 매달려 우는 아이를 안고 일을 하겠다는 자신의 선택이 이기적인 건 아닐까 끝없는 자기 검열에 시달린다. 가끔씩 기혼 남자도 일을 하면서 수시로 이런 갈등으로 방해를 받을까 궁금해지곤 한다. 이런 상황에서 과연 여성이 남성만큼의 성과를 낼 수 있을까, 승진 등에 영향을 미치는 성과 측정 방법이 기혼 남녀에게 동일하게 적용된다면 과연 공정한 것일까. 그런 생각을 하다 보면 맥이 풀렸다.

남성이 변한다고 세상이 한순간에 달라지지야 않겠지만 남성의 변화도 중요하다고 본다. 내가 주목한 것은 당시 사회 이슈로 떠올랐던 황혼 이혼이었다. 사회에서는 황혼 이혼을 감행하는 할머니들을 남편이 젊을 때는 돈, 힘 다 빨아먹다가 돈 못 벌고 힘 떨어졌다고 내다 버리는 파렴치한 악녀로 봤다. 하지만 나는 가정에서 자신의 역할을 돈 벌어 오는 일로 한정하고 긴 세월 동안 가족과 정서적 유대를 맺지 못한 남성의 책임이 크다고 생각했다.

가정은 현명한 여성 혼자 행복하게 만드는 것도 아니고, 가부장의 강력한 리더십으로 바로 서는 것도 아니다. 부부와 아이, 모든 구성원이 함께 만들어 가야 한다. 가정 문제를 더 잘 이해하려면 공동 책임 구역인 육아 문제를 공유하는 게 중요하다고 생각한다. 이즈음 만난 책이 『주홍글씨』의 작가 너대니얼 호손이 쓴 아주 짧은 에세이다. 아내가 큰아이를 데리고 친정에 간 후 어린 아들과 단둘이 20일을 보낸 이야기였다. 모든 아버지는 엄마 없이 아이와 시간을 보내 봐야 한다고 생각해 온 내가 그리던 책이었다.

일기처럼 적은 짧은 글은 숲을 가로질러 우유를 가지러 가거나 엉겅퀴로 공룡 싸움 놀이를 하거나 죽은 토끼를 묻어 주는 등의 소소한 일상으로 가득했다. 아버지가 아이와 시간을 보내는 일이 왜 중요하냐면 그 일을 통해 아버지도 엄마와 아이가 나누는 모든 것을 경험할 수 있기 때문이다. 거기에는 아이와 나의 어린 시절을 겹쳐 경험하는 경이와 아이가 성장하는 순간을 함께하면서 느끼는 감동도 있지만 함께 보낸 물리적 시간만큼 쌓이는 애정, 다시 그만큼의 강도로 쌓이는 고통까지 포함된다. 이런 감정적 유대가 가족 관계의 핵심이 아닐까.

아이를 낳았다고 해서 모성애가 하루아침에 솟아나거나 여성이 특별히 아이를 잘 키우는 재능을 타고나는 것도 아니다. 사랑은 시간과 추억을 나누면서 조금씩 자라기에 아버지에게도 그런 시간이 꼭 필요하다. 그래서 호손의 솔직하고 담백한 태도가 마음에 들었다. 그는 아이와 즐겁게 지내면서도 잠든 아이를 눕히면서 이 아이에게서 벗어나고 싶다고 쓴다. 이런 순간을 경험해야 아이가 내 일부가 아니라 내

바깥에 존재하는 독립된 개체라는 사실을 인정하게 된다. 엄마에게든 아빠에게든 그런 순간은 꼭 필요하다.

아이를 기르는 것이 경이와 감동으로만 가득 찬 환상이 아니라는 것을 담담하게 보여 주는 이 책에는 폴 오스터의 서문이 붙어 있다. 호손의 소품을 발견해서 출간하게 된 경위를 소상히 밝히며 우울하고 내성적인 작가 호손이 아니라 다정하고 따뜻한 남편이자 아버지인 호손을 이야기한다. 허먼 멜빌과의 일화 등 문학사적으로 뜻깊은 순간도 짚었지만 나는 19세기와 20세기의 소설가 아버지들이 쓴 글이라는 사실에 마음이 갔다.

사람들에게 책을 보였더니 의견이 나뉘었다. 호손은 너무 미국적인 작가가 아니냐, 한국에서는 인기 없지 않느냐, 내용이 너무 가벼운 거 아니냐는 사람이 있는 반면, 아니 이걸 왜 안 내냐, 책도 얇아서 제작비도 적게 들고, 호손이 미국적인 작가라는 건 아는 사람이나 하는 말이지 중·고교 필독서 『주홍글씨』에, 교과서에 실린 「큰 바위 얼굴」 등 인지도만으로도 평균은 하겠다 같은 찬성파도 있었다.

이 책을 만지작거리면서 여기에 우리나라의 아버지 소설가 가운데 한 사람이 폴 오스터 정도의 서문을 또 붙이면, 19세기와 20세기의 미국 소설가 아빠, 21세기의 한국 소설가 아빠의 아버지 됨에 관한 이야기가 그럴듯하게 그려지지 않겠냐는 생각이 들었다. 시대와 지역이 다르지만 시공간을 초월해 공감되는 이야기가 나오지 않을까. 여기에 소설가로서의 어떤 순간이라는 것도 겹쳐지겠지.

　대강 이런 기획 의도를 가지고 아이가 있으면서 글 잘 쓰는 남자 소설가를 떠올렸다. 이 책의 번역을 함께 맡기면 더 좋겠다는 생각이 들자 떠오르는 소설가는 한 명뿐이었다. 김연수 작가. 몇 달을 고민하다가 겨우 말을 건넸더니 한번 책을 보고 싶단다. 며칠 후 "이 책 재밌네요. 할게요. 엄청 감정 이입"이라는 문자 메시지가 도착했다.

　그게 2006년 1월에 내가 처음으로 받은 메시지였다. 이때 기뻤던 마음은 지금도 생생하다. 그러나 결국 이 책은 나오지 못했다. 아니 정확하게는 '출판사 뜰'에서 나오지 못했다. 자금 사정이 나빠져서 더 이상 책을 낼 수 없게 됐기 때문이다. 이 책에 마음을 주고 번역을 허락했던 김연수 작가에게는 여러모로 면목이 없게 되었다.

　8년 후, 이 책은 마음산책출판사에서 『줄리언』이라는 제목으로 출간되었다. 번역은 다른 사람이 했고, 내가 계획했던 3세기를 걸친 아버지 소설가들의 대화는 구현되지 못했다. 책의 운명이나 임자는 따로 있다고 생각하므로 아쉬움은 없다. 어떤 책은 기획자의 손만 타다가 빛을 보지 못하기도 한다. 그래도 나는 운이 좋았던 편이다. 어쨌든 이 책이 세상에 나왔으니까.

영국 안드레도이치사의 전설적인 편집자 다이애너 애실처럼 나도 좋은 책이 내 손을 거쳐 출간된다면 좋겠지만 다른 사람에게 넘어간다고 세상이 끝나는 것은 아니라고 생각한다. 좋은 책이 어떤 식으로든 세상에 나오면 그것으로 충분하다. 그저 시장과 독자의 눈치만 살피지 않고 나 자신의 고민과 관심으로 책을 기획한 것은 잘한 일이라고 스스로 칭찬하고 싶다. 그것이 출판이 풍요로워지는 가장 좋은 방법이라고 믿는다.

고등어를 금하노라

읽히지 않은 책의 최후처럼 참혹한 것은 없다. 자금난으로 출판사를 그만둘 때, 창고의 재고 가운데 극히 일부만 회수하고 나머지는 전부 파기해 달라고 했다. 책 도매상이 부도나면 그 재고가 어둠의 경로를 통해 고속도로 휴게소, 지하철 간이 매장 같은 곳에서 천 원, 이천 원에 팔린다는 풍문을 들은 적이 있다. 출판사의 폐업도 아마 비슷한 절차를 밟으리라. 그런 곳에서 내가 만든 책을 보고 싶지 않았다. 다만 얼마라도 들인 자본을 알뜰하게 회수하려는 게 사업가의 마음일 텐데, 난 글렀다.

출판은 책이 만들어지기까지 인쇄나 제본, 교정·교열

등 기술적인 일은 두터운 전문가 집단에게 맡길 수 있고 핵심이라고 할 만한 콘텐츠도 저자가 생산하기 때문에 혼자도 엄두를 낼 수 있는 사업이다. 권당 제작 비용만 따지면 초기 투자 비용도 다른 사업에 비해 크지 않아서 다른 일에 비해 진입 장벽이 낮은 편이다(그래서 '사업'에 'ㅅ'도 모르는 나 같은 사람도 감히 덤볐다가 장렬히 망했다!).

기존 출판물이나 시장에 답답함을 느낀 기획 편집자 혹은 마케터는 책에 대한 안목과 출판 경험을 쌓으면 나만의 색을 가진 책을 만들고 싶다는 생각을 품게 된다. 물론 생각만으로 책이 만들어지지는 않는다. 마음과 뜻이 맞는 저자, 유능한 번역자와 외서 에이전트, 디자이너, 편집자, 인쇄소 등 수많은 사람의 손길과 정성이 닿아 책이 완성된다. 하지만 독자에게 선택되지 않은 책이란, 가혹하게 들리겠지만, 재활용 종이 뭉치일 뿐이다.

독자가 읽고 싶어 하는 책은 어떤 것일까 하는 고민은 책의 씨앗이 뿌려지는 순간부터 책이 완성되는 그 순간까지 출판의 핵심이 된다. 미디어를 뒤지며 트렌드를 살피고 서점에서 사람들이 어떤 책을 집어 드나 곁눈질하고 사람들에게 살아가는 이야기를 듣는다. 베스트셀러 순위를 살피며 콘셉트부터 표지까지 요모조모 분석한다. 그렇게 책이 기획

되어 출간되기까지 걸리는 시간은 짧아야 일 년, 길면 삼 년을 넘기기도 한다.

그럼 기획 편집자는 앞일을 내다보는 무당이라도 되어야 한단 말인가? 그런 재능까지 겸비한다면 금상첨화겠지만 편집자가 되려고 내림굿까지 받을 수는 없는 노릇 아닌가. 기획 편집자의 자질 중에 제일 중요한 건 뭔가요 하는 질문을 받아 본 적은 없지만 혹시 누가 물으면 나는 '독자'라고 답할 것이다. 번역서든 국내서든 모든 책의 첫 번째 독자는 기획자다. 내가 읽고 싶지 않은 책을 실체도 없는 독자가 좋아할 리 없다.

1인 출판을 접고 조직으로 돌아갔을 때 가장 큰 고민은 어떤 책을 만들어야 할지 모르겠다는 막막함이었다. 혼자일 때는 결과에 대한 책임도 혼자 지면 그뿐이지만 조직에서는 그러기가 어려웠다. 혼자였다면 고심하지 않아도 될 일의 결정이 늦어져 답답하기도 했다. 그러나 혼자라면 절대 몰랐을 뜻밖의 깨달음을 얻는 일도 많았다. 누군가와 함께한다는 건 걸림돌이기도 축복이기도 했다.

가장 만만한 기획은 그동안의 경험을 통해 노하우를 가지고 있고 내 생각이 어느 정도 정립되어 있어서 구성원을 설득할 수 있는 책이었지만 쓰라린 실패의 경험이 앞으로 나아가는 걸 방해했다. 출판사가 이미 계약해 놓은 출간 목록의 책들을 진행해도 신명은 나지 않았다. 오랜만의 조직 생활인 데다 자신감이 떨어져선지 실수도 잦았다. 그 무렵, 관심을 가졌던 저자가 독일에서 고건축 복원 일을 하며 환경에 관한 글을 쓰던 임혜지 선생이었다.

당시 다각도로 반대와 우려가 제기되는데도 강행 중이던 4대강 사업을 조목조목 비판하는 글을 블로그와 매체에 꾸준히 쓰고 계셨기 때문에 그런 주제의 책을 구상한다면 이슈화할 수도 있겠다 싶었다. 선생은 건축 전문가이고 당시 4대강 사업의 모델이었던 '라인 강 사업'의 전모에도 접근하기 쉬웠던 독일 거주자였으므로 저자의 자격이 충분했다.

하지만 내게는 환경 보호론자 고집불통 독일인 남편, 성격도 지향도 판이하게 다른 두 아이와 싸울 땐 싸우고 사랑할 땐 사랑하면서 조화롭게 살아가는 저자의 이야기가 더 궁금했다. 다른 것을 희생해서라도 더 높이 올라가고 더 많이 가지려는 요즘 세상에 돈보다는 자유를, 일신의 안락보다 불편한 품위를 삶의 기준으로 갖고 있는 이 가족에게서 통쾌 같은 걸 느꼈다.

저자와 이메일로 소통하면서 내가 생각한 책의 모습이 저자가 쓰고 싶어 하는 내용과 크게 다르지 않다는 것을 확인했고, 그런 책을 만드는 데 마음을 모았다. 덕분에 생활하면서 그때그때 자연스럽게 일기처럼 쓴 블로그 글을 크게 수정하지 않아도 되겠다는 판단이 섰다. 글을 새로 쓰느라 시간을 쓰지 않아도 되니 출간 일정을 당길 수 있어 일석이조였다.

그렇게 출간한 책이 『고등어를 금하노라』였다. 가족과 둘러앉아 식사를 함께 하기 위해 승진과 더 나은 수입을 포기한 물리학 박사 아버지는 물을 받아 하는 욕조 목욕과 물을 흘려보내는 샤워, 어느 쪽이 물 낭비가 덜할까를 계산하는 괴짜다. 이게 무슨 능력 낭비인가 하겠지만 욕조 목욕과 샤워는 보통 사람도 매일 부딪히는 일상이고, 그 일상을 환경 문제라는 큰 그림 안에서 생각해 보고 더 나은 결정을 하는 것은 보통 사람의 윤리다.

탄소 발자국을 길게 찍어 가며 아프리카에서 또는 먼 바다에서 실려 오는 과일이나 생선을 거부하는 이들 가족을 보며 유난 떤다고, 나 하나 안 먹는다고 뭐가 달라지나 혹은 나 좋으면 그만이지 뭘 그렇게까지 하느냐고 생각할 수도 있다. 하지만 한 개인의 선택이 세상과 어떻게 이어져 있는지 살펴보는 것은 값진 일이다. 불편을 적극적으로 선택하는 이 특이한 가족을 통해 우리가 매일 하는 사소한 선택에

주의를 기울이길 바랐다.

가정, 가족, 부모 교육, 여성 이야기에 관심을 가지면서 때때로 나는 이 분야의 책이 너무 사소하고 사적인 이야기가 아닌지 자기 검열에 시달렸다. 사회적으로도 이 분야의 책이 저평가되는 듯해 괜히 위축됐다. 이런 책의 생산자와 소비자가 주로 여성일 거라는 믿음이 저평가의 내막이 아닐까 의심해 보곤 했지만 폐쇄적이고 자족적인 가족 이야기만 양산한 그동안의 관행도 빌미를 제공했으리라.

다들 시시하다고 여기는 것이 모여 우리의 일상이 되고 그 일상을 전복적으로 사고하지 않으면 아무것도 바뀌지 않는다. 세상은 거대한 것으로만 이루어져 있지 않다. 오히려 씻고 밥을 먹고 잠을 자는 작은 일이 우리를 만들고 지켜 준다. 난방 대신 뜨거운 물주머니를 안고 자는 것이, 식탁에서 고등어를 금하는 것이 어떤 의미인지 생각해 보고 삶을 조금 바꾸는 것으로 세상이 달라진다.

최근 들어 출판계에서 작은(?) 이야기를 많이 하는 것이 나는 좋다. 고양이와 강아지를 기르면서 사랑을 주고받은 이야기, 상처받아 아프고 쓰렸던 이야기, 1인 가족부터 대안 가족까지 다양한 가족 이야기, 아이를 기르며 수시로 맞닥뜨린 갈등. 어떤 이에게는 별것 아니겠지만 나에게는 중요했던 이야기가 세상과 사람의 삶을 더 두텁게 만든다. 그래서 나는 더 다양하고 사소한 이야기가 만개하면 좋겠다.

어찌 보면 세상에 사소한 이야기는 없다. 사람의 삶에는 어느 구석이든 다른 사람을 자극하는 부분이 있기 때문이다. 지구를 구하기 위해, 영웅을 살리기 위해 수많은 사람이 몰살되다시피 하는 장면이 쏟아져 나오는 블록버스터 영화를 볼 때면 언제나 마음이 불편했다. 그들은 모두 어디로 갔을까? 큰 이야기도 당연히 해야겠지만 작은 슬픔, 작은 기쁨, 작은 아픔을 이야기하는 책이 더 많아졌으면 좋겠다.

붕가붕가레코드의 지속가능한 딴따라질

인생만 타이밍인가, 책도 타이밍이다. 시대를 앞서 나와 저주받은 걸작으로 회자되는 책들이 때를 잘 만났더라면 어땠을지 상상해 보곤 하는데, 결론은 늘 같다. 그 타이밍이 제 타이밍. 2009년에 출간된 『붕가붕가레코드의 지속가능한 딴따라질』이 바로 그렇게 타이밍을 생각하게 하는 책이다. 이 책의 기획은 영수증 한 장에서 시작되었다. 그즈음, 1990년대풍의 포크송 비슷한 노래 하나가 아는 사람들 사이에서 인기를 끌고 있었다. '브로콜리 너마저'가 부른 「앵콜 요청 금지」였다.

인터넷을 떠돌다 밴드 이름과 노래 제목이 하도 특이해

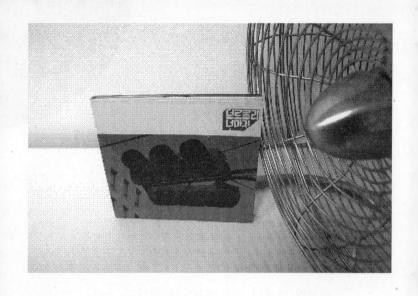

'88만 원 세대론'의 화답 같았던 『붕가붕가레코드의
지속가능한 딴따라질』의 첫 시작은 밴드 '브로콜리 너마저'의
앨범 『앵콜요청금지』였다.

서 호기심에 들었는데, 이십 대 때 듣던 '동물원'이나 '여행 스케치' 등을 떠올리게 하는 소박한 멜로디와 가사가 딱 내 취향이라 음반까지 사게 되었다. 그 영수증을 컴퓨터 모니터 옆 문서꽂이에 걸어 두었다가 팀원의 눈에 띄어 이런저런 말을 나누었다.

"밴드도 노래 제목도 괴상한데, 제작사 이름도 웃겨요. 붕가붕가레코드라나?" 하고 말을 건넸다. 이 이름이 인상적이었던지 팀원이 검색을 시작했고, 신문에 실린 붕가붕가레코드의 고건혁 대표 인터뷰를 읽게 되었다. '좀 빡센 취미 생활'이라는 기사 제목에 꽂힌 팀원이 만들어 온 기획안은 돈을 못 벌어도 하고 싶은 일을 하며 살아가는 젊은이 이야기였다.

고건혁 대표에게 우리의 뜻을 전달하자 호의적인 반응이 왔다. 붕가붕가레코드는 시작한 지 얼마 되지 않은 인디 음반 레이블이었다. 지금은 인기 가수가 되어 둥지를 떠난 '장기하와 얼굴들', 내 영수증의 주인공이었던 '브로콜리 너마저' 등이 이제 막 홍대 부근에서 이름을 알리던 참이었다. 기획안을 전체 회의에 부쳤을 때, 회사 사람들의 반응이 반신반의였던 것은 그 때문이었다.

'술탄 오브 더 디스코', '아침', '생각의 여름', '불나방스

타쏘세지클럽', '아마도이자람밴드', '치즈스테레오' 등이 붕가붕가레코드에 소속된 뮤지션이었다. 이름에서도 알 수 있듯 각각 개성이 강한 밴드들이었다. 이들의 공통된 특징은 각자 생업을 따로 하면서 음악을 취미 생활처럼 하는데, 그게 본업에 견줄 만큼 '빡세다'는 것이다. 그래서 기획자는 다른 일로 생계를 꾸리면서 하고 싶은 일을 하는 직장인의 로망을 책의 콘셉트로 제안했다.

대표를 맡고 있던 고건혁은 대학원생이었고, 장기하 역시 대학원생으로 방송사에서 아르바이트로 해외 뉴스를 번역하고 있었다. '브로콜리 너마저'의 리더였던 윤덕원은 음악 전문 케이블 방송사였던 MTV 프로듀서PD로 합격하고 계속 음악을 할지, 안정된 직장 생활을 할지 진로를 고민 중이었다. '술탄 오브 더 디스코'의 멤버이자 엔지니어 역할을 하던 나잠수는 아직 학생이었지만 졸업을 앞두고 진로를 고민하고 있었다. 산업디자인을 전공하면 현대자동차에 들어가는 줄 아는 고향의 부모님께는 음악을 한다는 사실을 비밀로 하고 있었다.

붕가붕가레코드는 소속 뮤지션 대부분이 서울대학교 학생으로, 교내 동아리 같은 분위기에서 출발했다. 같은 대학생이라고 퉁치기에는 그들이 가진 선택지가 더 많아 보였지만, 그들이 하는 일이 배부른 자의 심심풀이는 아니었다. 미래에 대한 불안, 주변의 기대를 저버리는 일에 대한 갈등 같은 것은 간단하게 상대화하기 어렵다. 의연한 척해 봤자 그들도 앞에 뭐가 있는지도 모른 채 사회에 나가야 하는 사회 초년생일 뿐이었다.

그들은 사무실도 신림동 쑥고개 반지하방에서 컴퓨터 한 대로 시작했고, 뮤지션을 선택하는 기준도 '이게 도대체 뭐지?' 하는 느낌 하나였다. 세련되고 어디서 많이 들어 본 음악보다 개성과 활력을 중시했다. 그들은 팝 필터 대신 플라스틱 링에 스타킹을 씌워 노래를 녹음하고 컴퓨터로 일일이 콤팩트디스크를 구워 직접 포장했다. 개당 생산 비용은 대량 생산에 비해 훨씬 비쌌지만 재고를 줄이기 위한 방책이었다. 이런 생산 방식을 '수공업 음반'이라고 부르며 의미를 부여하는 것이 이들이 재미를 만들어 내는 방식이었다. 어차피 망할 거, 재미있게나 해 보자는 거다.

학교에서 동아리 차원으로 시작했던 일이 음반 레이블 및 기획사 설립으로 이어지면서 이들은 '인디 음악인이 자기 음악의 가능성을 훼손하지 않는 범위에서 생계를 충족하는 음악 작업을 할 수 있는 환경을 구축'하는 것을 목표로 내세웠다. 이른바 '지속가능한 딴따라질'이다.

그들을 처음 만난 때는 '브로콜리 너마저'가 전년도에 이어 그랜드민트 페스티벌에, '장기하와 얼굴들'이 쌈지사운드 페스티벌에 초대된 해로, 한낮엔 따뜻하다가 밤만 되면 기온이 뚝 떨어지는 늦가을이었다. '장기하와 얼굴들'의 쌈지사운드 페스티벌 리허설 때문에 교대 앞 호프집에서 구성원들을 만났는데, 장기하는 무대에 올라갈 때 쓸 빨간색 장미 코르사주를 가져와서 여기저기 붙여 보며 장난을 치다가 얼마 전 일본 여행에서 사 온 예쁜 에코백을 자랑했다. 어쩌면 이런 식으로 딴따라질을 계속할 수도 있을 것 같다는 어렴풋한 확신이 묘한 활기로 떠돌았다.

다들 진지한 음악 이야기보다 제각각 자기 이야기를 농담처럼 하느라 바빴다. 어느 정도는 취해 있었고, 어느 정도는 들떠 있었다. 책을 만들고 싶다고 만났는데 그런 이야기를 나눌 분위기가 아니어서 과연 책을 만들 수 있을지 의구심이 피어올랐다. 한편으로는 지금이 아니면 만들어지지 못할 책이라는 느낌도 들었다. 이 책이 지금이 아니면 곧 사라져 버릴 그 시점의 어떤 징후를 담으리라는 강력한 예감이었다.

곰사장 고건혁 대표와 붕가붕가레코드의 전사를 공유했던 '눈 뜨고 코베인'의 멤버 깜악귀 등 구성원이 원고를 준

비하는 몇 개월 사이 소속 밴드인 '장기하와 얼굴들'은 하나의 현상이 되어 버렸다. 「싸구려 커피」는 그 시대 청춘의 송가가 되었고, 그들의 독특한 퍼포먼스는 장기하를 '장 교주'로까지 떠받들게 했다.

『88만원 세대』가 출간된 것이 2007년이었다. 이 책은 세대 경쟁과 승자 독식의 세계에서 저임금 비정규직으로 살아갈 수밖에 없는 젊은이의 상황을 그려 높은 호응을 얻었다. 2012년 저자가 직접 책을 절판시키기까지 오 년여 동안 약 14만 부라는 판매고를 올렸는데, 우리가 붕가붕가레코드를 만난 때가 2008년이었다. 나는 이들의 움직임이 어쩌면 『88만원 세대』에 대한 화답이 아닐까 생각했다. '토플 책을 덮고 바리케이드를 치고 짱돌을 들라'라는 해결책 대신 '이왕 망할 거, 남들이 뭐라든 나나 재밌자'라고 말이다. 어차피 모두 가능성이 없다면 그 무한 경쟁의 불안과 초조에서 벗어나 자신이 하고 싶은 것을 하며 즐겁게 살겠다는 거다.

이들은 자기 내면의 동기와 동력으로 자신을 움직여 간다. 노래 만들고 노래하는 게 재밌으니까 하는 거고 대중가수니까 대중이 좋아해 주면 더 좋겠단다. 남다른 음악을 추구해야만 한다는 강박도, 그러니 세속적이면 끝장이라는 과도한 자의식 같은 것도 없었다.

한 시대의 분위기를 담은 책을 작업하는 건 편집자가 몇 번 경험하기 힘든 일이다. 아쉽게도 나는 이 책이 완성되는 것을 보지 못하고 회사를 그만뒀다. 팀장도 없이, 바빠진 저자들을 쫓아다니며 책을 완성한 당시 기획 편집자에게는 늘 미안함을 갖고 있다.

　책이 출간된 후 '장기하와 얼굴들'이 떠서 판매도 기대가 컸다. 장기하와 함께 대형 서점에서 저자 사인회를 잡았는데, 같은 날 '언니네 이발관'의 이석원이 사인회를 함께 열었단다. 회사 식구들까지 총동원했는데도 '딴따라질' 쪽 책상은 금세 비어 버렸고, 이석원 쪽은 독자가 몇 시간 동안 이어져 편집자와 마케터가 울고 왔단다. 지금이라면 어떨까? 부질없는 생각이다. 그때가 아니었으면 아마 이 책은 영원히 나오지 못했을 테니까.

조선의 여성들, 부자유한 시대에 너무나 비범했던

큰아이가 중학교 입학을 앞두자 그동안 아이 양육에 엄마 역할이 얼마나 중요한지 떠들던 사람들이 일제히 나를 집에서 노는 사람으로 취급하기 시작했다. 엄마는 큰 인물이 될 줄 알고 대학까지 가르쳐 놨더니 못 배운 나도 할 수 있는 살림이나 한다며 눈을 흘겼다. 주위 사람들은 이제 아이도 다 컸으니 아이 학원비라도 벌어야 하지 않겠냐고 눈치를 주었다. 잘못한 것도 없이 주눅이 들었다.

경력 단절 끝에 재취업이 쉬운 일도 아니고 자신감은 떨어질 대로 떨어진 상태였다. 하지만 문제는 그게 아니었다. 전업으로 아이와 살림을 오래 돌보다 보면 내 빈자리가 무엇을 뜻하는지 잘 알기 때문에 집을 떠날 수 없게 된다.

중학생이 되었다고 아이들이 자기 밥을 알아서 해 먹지도 않고, 하면 아무 표시도 안 나지만 안 하면 대번 표시가 나는 집안일이 사라지거나 대신 해 줄 우렁각시가 나타나지도 않는다. 초등학교 저학년 아이를 둔 엄마에게 학교에서 요구하는 공짜 노동도 만만치 않다. 아침 등굣길 도우미부터 청소, 급식 담당까지. 엄마가 없으면 집안과 아이의 일상 곳곳에 그 시간이 고스란히 흔적을 남긴다. 하지만 이런 일은 사회에서 가치를 인정받지 못하기 때문에 명시적으로 존재하지 않는다. 전업주부는 스스로 끊임없이 존재 가치를 의심하며 살아간다.

그런데 아이가 중학교 이상이 되면 엄마 노릇을 정량해 평가할 수 있게 된다. 바로 아이들 성적을 통해서. '특목고'나 '자사고' 입시는 실질적으로는 초등학교 4학년 때부터 시작된다. 아이가 과학을 좋아해서 과학고등학교 입시에 대해 알아볼까 하고 아이가 중학교 2학년이 되었을 때 설명회를 갔는데 중2 엄마는 나 하나뿐이었다. 가장 많은 학령이 초등학교 4학년이었다.

그런 곳에 가서 앉아 있으면 세상 모든 여자의 꿈이 특목고나 자사고를 졸업한 서울대생 엄마가 되는 것, 한 가지가 아닐까 싶었다. 게다가 아이들의 성취와 진로에 엄마 역할의 중요성을 확신하는 엄마들을 만나면 왜 밥은 하루에 세 끼나 먹어야 하는가, 왜 먼지는 알아서 소멸되지 않는가, 왜 옷들은 저절로 깨끗해지고 반듯해지지 않는가, 이런 생각을 하며 나의 욕구와 자리에 대해 고민하는 것이 비정상으로 느껴졌다.

이러고 살 때 『조선의 여성들, 부자유한 시대에 너무나 비범했던』이 내게 왔다. 이 책을 펼쳤을 때 우선은 부끄러웠다. 고전문학을 공부한 세 명의 학자에게 불려 나온 조선의 여성 열네 명 가운데 아는 이름보다 모르는 이름이 더 많았다. 현모양처의 현신으로만 기려지는 신사임당, 요절한 천재 시인 허난설헌, 이문열의 소설 『선택』을 통해 완고한 유교적 이념의 여성상으로 '잘못' 그려진 『음식디미방』飮食知味方의 저자 안동 장씨 정도만이 아는 사람이었다.

이들 외에도 이 책에는 가부장제의 부당한 권위에 항의했던 송덕봉, 퇴계에 비견할 만한 여성 유학자 임윤지당, 왜곡되지 않은 세속적 욕망을 자신의 삶에서 건강하게 표출한 김삼의당, 남편의 스승이 되었던 여성 유학자 강정일당, 여성의 삶을 호방한 글쓰기로 재성찰한 김호연재, 열녀의 삶을 인간의 삶으로 바꿔 놓은 풍양 조씨, 빼어난 시인이었으나 이름을 얻지 못한 채 스러진 이옥봉, 쓸 때 쓸 줄 알았던 제주 큰 손 김만덕, 열네 살에 남장을 하고 금강산 유람에 나섰던 김금원, 기예 하나로 사당패의 꼭두쇠가 된 바우덕이, 조선의 독립운동에 앞장섰던 윤희순 등이 나온다.

여성이라는, 조선이라는, 유교라는 삼중의 감옥에 갇힌 이 여성들이 얼마나 꿋꿋하게 자기 삶을 살아 냈는지, 읽는 내내 뿌듯했지만 한편으로는 그걸 지켜 내려고 얼마나 안간힘을 썼을까 싶어 눈시울이 뜨거워졌다. 이들의 절망을 가늠할 수 있는 예화가 있다. 조선 숙종 때 문호였던 김창협이 그 재주를 가장 아끼고 사랑했던 딸 김운은 "나는 여자라 후세에 이름을 남길 방도가 없으니, 아버지보다 먼저 죽어서 아버지가 내 묘지명을 지어 준다면 그것이 차라리 더 낫겠다"라고 했는데, 정말 스물에 죽어 아버지가 딸의 묘지명을 지어 이름을 남겼다.

또한 '삼호정시사'三湖亭詩社라는 여성만의 시회를 만들었던 김금원과 경춘, 죽서, 운초, 경산은 공부를 해도 시를 써도 알려지지 못한 채 결국 사라질 거라는 소외감과 고립감에 절망했으며, 조선과 유교와 가부장제라는 조롱에 갇힌 새로 자신을 인식했던 허난설헌은 초월을 꿈꾸다 스물일곱에 떠나 버렸다.

하지만 아내로, 어머니로 살아가면서도 현실이 허락하는 범위 안에서 '자신'으로 살아갔던 이들도 있었다. 방탕한 남편 송요화와 시댁과의 문제로 부대끼던 김호연재는 여자의 부덕을 탓하지 않고 붓을 들어 「자경편」自警篇을 썼다. 감히 거스를 수 없었던 남편과 시댁과의 관계를 유교적 당위가 아니라 자신의 입장과 경험을 바탕으로 재해석했다. 하루 일을 끝낸 한밤중, 나지막이 『주역』을 읽던 임윤지당도 있다. 대학자였던 둘째 오빠 임성주와 편지로 궁금증과 자신의 생각을 주고받았던 그녀는 단순히 남성의 공부를 답습하는 것이 아니라 여성이라는 타자의 입장을 세워 공부의 주체가 되고자 했다.

열녀 대신 삶을 선택한 풍양 조씨는 남편을 위해 살을 베려 했으나 베지 못하고, 죽은 남편을 따라 죽으려다 죽지 못한 자신이 맞닥뜨렸던 공포와 고통을 솔직하게 기록함으로써, 열녀의 입을 빌려 가부장제의 규범만을 이야기한 사대부 남성 문사가 외면한 고통과 두려움을 드러냈다. 한편 유교 규범의 수호자로 그려진 안동 장씨는 남성 유학자가 말로만 떠들던 유교적 가르침의 본질을 생활에서 실천한 사람이었다.

부모를 여읜 후 생계에 골몰하던 남편 윤광연을 학자의

길로 이끈 강정일당은 남편을 스승처럼 이끌었다. 남편은 아내가 죽은 후 누구에게 궁금한 것을 물어야 할지, 자신이 잘못할 때 누가 바로잡아 줄지 깊이 탄식했다. 반대로 김삼의당은 남편을 앞세워 입신양명의 욕망을 실현하고자 했다. 그리고 남편이 과거 급제에 실패하자 자신의 사회적 지위를 유지하기 위해 남편 효자 만들기 프로젝트에 돌입했다. 김삼의당이 남긴 시는 소박한 삶과 구체적인 욕망이 당당하게 드러나 있어 특히 멋졌다.

　김호연재의 시집 가운데는 집안의 문집으로 여성에게만 전해지는 묘한 형태의 시집이 한 권 있다고 한다. 원래 한자로 쓴 시에서 한자는 적지 않고 한자의 음만을 한글로 적은 필사본이다. 한자 없이 그 음만 한글로 여러 번 옮겨지면서 원래의 한자가 무엇인지는 더 이상 알 수 없게 되었다. 한자를 모르니 당연히 그 시의 내용과 뜻도 알 길이 없다. 그런데도 그 시를 거듭 옮겨 적어 전하다니, 대체 무슨 생각이었을까?

　"생애는 석 자 칼, 마음은 내건 등불"生涯三尺劍, 心事一懸燈이라고 한 저자의 말처럼 삶은 석 자 칼 위에 얹힌 것처럼 위태롭고 고단했지만 자의식만은 등불처럼 높이 걸어 두고 싶은 마음이 아니었을까. 무엇보다 가장 가슴 아팠던 것은 이들의 기록조차 관대한 남편, 출세한 아들, 고관대작 아버지 덕분에 남았다는 점이다. 자기 자신으로 살기 위해 그들이 내쉬었을 숱한 한숨이 21세기를 사는 내 한숨 위에 겹쳐졌다. 여성들의 더 많은 경험, 더 많은 이야기를 그들의 목소리로 엮어 책으로 만들고 싶은 이유다.

어느 고쿠라 일기 전

일본 작가 마쓰모토 세이초는 마흔하나라는 늦은 나이로 문단에 나와 '일본 문학의 거인', '국민 작가' 등으로 불린 사람이다. 82세로 생을 마감할 때까지 엄청난 양의 작품을 써서, 자택 지하에 소설 공장을 돌렸다는 소문이 회자될 정도다. 양만 대단한 게 아니라 추리소설, 역사소설, 단편소설, 논픽션까지 영역도 넓다. 게다가 평론가에게도 사랑받아서 대중적인 상으로 이름 높은 나오키상과 순문학의 최고봉 아쿠타가와상을 모두 받았다.

신이 게을러져서 한 사람에게 재능을 너무 몰아 준다고 투덜거렸는데, 그나마 생김새가 그저 그래서(물론 내 취향

소설 공장을 돌렸다는 마쓰모토 세이초의 작품은 선집 형태로
북스피어와 모비딕, 두 출판사에서 나눠 낸다. 모든 작품을 따라가기
버겁다면, 미야베 미유키 작가가 엄선한 마쓰모토 세이초의 걸작 단편
선집을 먼저 읽어 보는 것은 어떨까?

이다) 용서해 드리기로 했다. 그를 널리 알린 건 사회파 추리소설이다. 범인이 누구인지보다 범죄의 동기가 이야기를 끌어가기 때문에 특히 심리 묘사가 탁월하다는 평을 듣는다. 세이초 소설의 범인은 대개 사회 구조의 불합리나 모순으로 인해 범죄에 휘말리게 된 보통 사람이어서 많은 이에게 공감과 각성을 동시에 선사한다.

우리나라에도 그의 작품이 꾸준히 번역되고 있는데, 북스피어와 모비딕이라는 두 출판사가 함께 '세이초 월드'라는 선집을 내고 있다. 두 출판사의 협업임에도 세이초의 작품이 워낙 많아서 전집은 감히 엄두도 내지 못했으리라. 그의 작품 가운데 내가 가장 좋아하는 소설은 「어느 '고쿠라 일기' 전」이다. 미야베 미유키가 편집한 『마쓰모토 세이초 걸작 단편 컬렉션』 첫 권의 첫 번째 소설로 실렸는데, 마쓰모토 세이초가 데뷔한 지 이 년 만인 1952년 아쿠타가와상을 안겨 준 작품이다.

이 책의 주인공은 신경계에 손상을 입어 불편한 몸으로 살아가는 다노우에 고사쿠라는 인물이다. 그는 자신이 살고 있는 고쿠라 지방에 일본의 문호 모리 오가이가 삼 년간 머물면서 썼지만 무슨 이유에선지 분실되고 만 '일기'의 자취를 추적한다. 고사쿠는 빈곤과 아픈 몸, 진전 없는 조사를 평생 지속하다가 뜻을 이루지 못하고 숨을 거둔다. 그뿐이다. 누군가 나타나서 일을 해결해 주지도 않고 연애 사건이 일어나지도 않으며 우여곡절을 겪을지언정 그토록 찾아 헤매던 일기를 마침내 찾았다는 창대한 결말도 없다.

짧디짧은 소설이 끝나자 마음속에 조용히 파문이 일었다. 사람은 무엇 때문에 사는 것일까. 고사쿠는 눈 내리는 밤에 들었던 방울 소리 때문이다. 어린 시절, 고사쿠의 집에 세 들어 살았던 할아버지는 전편꾼이었다. 소식을 빨리 알리고 싶을 때 쓰는 지역 내 인편을 전편꾼이라고 한단다. 이른 아침, 이불 속에 누워 전편꾼 할아버지가 울리는 방울 소리가 희미하게 멀어지는 것을 듣곤 했던 고사쿠는 모리 오가이의 「독신」을 읽고 며칠을 감동에 겨워 보냈다.

"밤에는 어느새 눈이 내린다. 이따금 발자국을 찍으며 뛰어가는 전편의 방울 소리가 들린다. …… 고쿠라의 눈 내리는 밤, 집 밖이 고요한 시간에 전편의 방울 소리가 딸랑딸랑딸랑 바쁘게 들려온다." 그가 모리 오가이의 일기를 찾아 헤매게 된 계기다. 사람은 역사에 길이 남을 훌륭한 일을 위해서가 아니라 마음을 흔들었던 아름다운 기억 하나와 성실하게 보낸 하루하루 덕분에 산다.

특별한 사건이나 역동적인 굴곡 없이, 어떤 특별한 성

취도 이루지 못하는 대부분의 조촐한 삶, 조용하게 그런 삶을 살아간 사람이 갖고 있는 선의와 긍지 덕분에 세상은 망가지지 않는지도 모른다. 마쓰모토 세이초의 「결혼식장의 미소」에도 그런 사람이 나온다. 기모노 착용 전문가인 스기코가 성인식날 자신이 기모노 착용을 도와준 한 여성의 불륜을 목격하고도 무사히 결혼이 이루어지도록 입을 다문다는 심심한 이야기다.

보통 사람이라면 1970년대의 노처녀 스기코를 뭔가 결핍되어 있는 인간으로 상상하기 십상이다. 소설가로서도 그 편이 쉽고 개연성 있는 선택일뿐더러 긴장을 조성하고 파국을 그려 흥미를 높일 수 있다. 그녀가 마음먹기에 따라 예비 신부의 행복이 산산조각 날 수도 있기 때문이다. 하지만 마쓰모토 세이초는 인간의 결핍이 시기나 비뚤어진 욕망 같은 악의로 차 있을 거라고 생각하지 않았다.

불구의 몸으로 외로움과 가난을 버티며 살아간 「어느 '고쿠라 일기' 전」의 고사쿠 역시 마찬가지다. 다른 사람의 삶을 담담하게 바라보면서 자기 삶을 묵묵히 살아가는 사람의 품위를 사람들은 종종 우습게 여긴다. 오래전에 읽었던 『텃밭에서 발견한 충만한 삶』이 떠올랐다. 저자는 아이를 몇 번이나 잃은 아픔과 죄책감, 원망에 괴로워하면서도 자의식에 가득 차서 일기를 쓰고 사진을 찍고 스케치를 하는 일에 숨 막혀 한다.

그런 그녀가 텃밭을 가꾸면서 "해야 할 일을 하면서 자기 본분을 지켜 존재하는 것"이 얼마나 중요한 일인지를 깨닫는다. "포도주스를 포도주로 변모시키는 효모도 같은 원리이다. 녀석들이 관심을 갖는 건 작은 효모들을 더 많이 만들 수 있도록 포도에 들어 있는 당분을 먹어 치우는 일뿐이다. 자의식이 전혀 작용하지 않는 생산력." 자의식을 내려놓고 텃밭에서 하루하루를 보내며 저자는 비로소 평화와 삶을 얻는다.

성취주의자는 성취할 때까지 지금 누릴 행복을 끊임없이 유예한다. 인생의 의미 타령이나 하고 있는 나 같은 사람은 모든 것이 말끔하게 정리되어 완벽한 세팅이 완성될 때까지 끊임없이 삶 자체를 유예한다. 하지만 무엇이 되기 위해, 무엇을 남기기 위해 자의식에 가득 차서 애쓰는 것이 아니라 효모처럼, 스기코처럼, 고사쿠처럼 하루하루를 살아낸 결과로서 삶을 받아들이고 싶다. 결핍은 결핍대로 상처는 상처대로 비워 둔 채.

마쓰모토 세이초를 읽고 나서는 나이 드는 것이 좋아졌다. 별것 없는 내 일상이 시시하다고 느끼지도 않게 됐다.

더 대단한 사람이 되지 못해서, 최고가 아니어서, 재능이 모자라서 나는 뭐하러 이 세상에 왔을까 싶을 때가 많았다. 아무 일도 일어나지 않고 그냥 동동거리기만 하다가 지나가는 하루가 너무 하찮아서 매일 부끄러웠는데, 이제는 조금 괜찮다.

요즘은 시간 흘러가는 게 슬로비디오처럼 눈에 보인다. 봄이면 산수유가 피었다가 벚꽃이 찾아오고, 나뭇가지에 연두색 잎들이 솟아난다. 그러면 마음이 연민으로 가득 찬다. 동정이 당장 주머니를 털게 한 후 홀가분한 마음으로 떠나게 만든다면 연민은 마음을 거기 두게 한다. 그래서 자꾸 돌아보게 되는 봄 길은 걷기에 여러모로 성가시다.

장마가 시작되기 전 여름은 또 얼마나 매력적인지. 쨍한 햇볕 덕에 세상이 바스락거릴 정도로 보송거리는데, 특히 낮 동안 데워진 몸을 씻고 잠자리에 들 때마다 이불이 몸을 감싸는 느낌이 개운하다. 머리 꼭대기를 달구는 햇볕을 쬐며 하루 사이에도 몰라보게 자란 나무와 풀을 보면서 이 시간이 너무 짧구나 아쉬워한다.

가을은 동네에 널어놓은 고추에서 시작된다. 돗자리마다 가지런히 널어놓은 고추를 보면 쪼그리고 앉아 고추를 하나하나 닦으며 너는 어른들의 모습이 떠올라 마음이 포근

해진다. 가끔은 이 가을 풍경을 언제까지 볼 수 있을까 그런 생각도 한다. 나이가 들어 시간이 많아지면 나도 이런 일들을 하지 않을까 싶지만 어림없는 소리 같다.

서리가 내리고 코끝이 찡해지는 겨울이 시작되면 올 늦여름엔 아오리 사과를 먹었던가, 6월에 작약은 보았던가 같은 소소한 반성을 한다. 이제 다시 벚꽃이 피고 여름에는 식물이 부쩍부쩍 자라고 고추를 널어 말리는 동네 할머니 할아버지의 손길이 분주해지겠지, 나에게도 특별한 일은 일어나지 않을 거야 하고 체념하듯 생각한다. 하지만 살아갈 것이다. 이 모든 순간이 아무것도 남기지 않고 사라진다고 해도. 어디선가 방울 소리가 들린다. 고사쿠가 이승의 마지막 숨을 남겨 놓고 들었던 전편꾼 할아버지의 작은 방울 소리다.

인 콜드 블러드

언젠가 '길티 플레저'가 뭐냐는 질문을 받은 적이 있었다. 범죄소설을 읽는 거라고 답했다가 그깟 게 무슨 길티 플레저씩이나 되느냐며 크게 비웃음을 당했다. 하지만 여전히 범죄소설을 좋아한다고 이야기하기가 떳떳지 못하다. 범죄소설을 다른 문예물(이런 단순 무식한 구분을 용서하시길!)에 비해 훨씬 덜 진지하게 여기는 분위기 때문이기도 하지만 뭔가 사람이 음침해 보이는 것 같아서다. 한마디로 괜히 찔리는 거다.

범죄소설의 시작은 보통 고전 추리소설이다. 나는 홈스나 푸아로처럼 비교적 모범생 같은 탐정이 고도의 지적

능력과 과학적 방법을 동원해 사건 주변의 단서와 희생자의 인간관계, 용의자가 될 만한 등장인물들의 성격 등을 통해 사건을 해결하는 이야기에서 수수께끼 풀이나 퍼즐 맞히기 같은 즐거움을 느꼈다. 게다가 우리 편인 좋은 편과 나쁜 편이 확실해서 결국 정의는 승리한다는 소시민의 통쾌가 있었다.

내 독서는 곧 하드보일드소설로 옮겨 갔는데, 하드보일드 범죄물의 주인공은 산전수전 다 겪어 범죄자와 거의 구분이 안 가는 부패한 경찰이나 퇴폐적인 탐정이다. 온갖 범죄의 뒤를 좇으며 인간에 대한 믿음이나 세계에 대한 낙관을 잃어버린 피로하고 지친 이들은 조금씩 죄로 더럽혀져 있다. 아무 잘못 없는 순수한 피해자와 극악무도한 범죄자의 구분, 깨끗하고 정의로운 사법 제도가 구현하는 정의가 책 속에서 사라지자 나도 어른이 되어 갔다.

내가 가장 좋아하는 이야기는 평범한 사람의 범죄 이야기다. 끔찍한 범죄를 저지른 자인데도 그들이 마침내 잡히고 처벌을 받게 되면 통쾌하다기보다 마음에 연민이 고인다. 그들의 범죄를 낳은 욕망이 내 것과 다르지 않아 보여서다. 과연 나는 이들에게 죄를 물을 수 있을까, 이들의 범죄로부터 나 자신이 떳떳할 수 있을까. 그 범죄에는 내 책임이 아주 적게라도 있는 것 아닐까. 아니 이 범죄자는 바로 내가 아닐까.

영화 흥행으로 사회파 추리소설의 대표작이 된 미야베 미유키의 『화차』주인공에게서 순식간에 나락으로 곤두박질친 소규모 자영업자 이웃의 얼굴을 떠올리는 사람이 나만은 아닐 것이다. 그런 소설을 읽으면 내 삶의 평화와 안정이 단지 운일 뿐, 삶의 모든 순간과 요소가 불안정하고 불확실하다는 현실감에 모골이 송연해지곤 한다. 한편으로는 만약 내게도 그런 상황이 닥친다면 과연 나는 어떤 선택을 할까 공상을 해 보게 된다.

트루먼 카포티의 『인 콜드 블러드』는 소설은 아니지만 그런 점에서 내게 가장 긴 여운을 남긴 책이다. 이 책은 1959년 미국 캔자스의 작은 시골 마을 홀컴에서 일어난 일가족 살인 사건을 소재로 한 논픽션 범죄물이다. 일가족이 모두 샷건으로 끔찍하게 살해당했는데, 강도라고 하기에는 도난 물품이 하나도 없다. 원한 때문이었을까? 작가 카포티는 『뉴욕 타임스』에서 이 기사를 보고 대박 예감에 취재를 떠난다.

약관의 나이에 화려하게 데뷔한 카포티는 영화로도 대성공을 거둔 『티파니에서 아침을』으로 인기의 정점을 찍고 있었다. 살아생전에 백만장자가 된 몇 안 되는 작가 중에 하나로 파티에서 수많은 사람에게 둘러싸인 채 화려하게 살던 그에게는 어울리지 않는 선택이었다. 취재는 수사와 함께 진행되었다. 약간의 현금 외에는 피해 물품이 없었기에 원한 범죄로 생각했던 수사관들은 작은 마을을 속속들이 파헤친다. 겉으로는 평화로워 보였던 마을에서 사람들 사이의 오해와 편견, 갈등이 언제 터질지 모르는 실핏줄처럼 드러났다.

그런데 그가 취재를 시작한 지 얼마 되지 않아 뜻밖의 범인이 잡힌다. 그들은 클러터 가족과는 아무 상관 없는 두 젊은이 딕과 페리였다. 둘은 감옥에서 우연히 들은 홀컴 마을의 돈 많고 친절한 클러터 씨 이야기를 기억하고 강도를 모의한다. 하지만 일가족 네 명을 살해하고 훔친 돈은 고작 사십 달러와 라디오. 그들은 멕시코까지 달아났다가 몇 개의 주를 떠돌다 동료 수감자의 제보로 경찰에게 곧 체포된다.

일가족을 단돈 사십 달러 때문에 잔혹하게 몰살한 범인들, 그들은 악마일까? 어쨌든 잡혔으니 정의는 구현되고 세상은 더 좋아졌을까? 범인들과 인터뷰를 진행하던 카포티는 범인 중 하나인 페리에게 정서적 일체감을 느끼면서 점점 혼란에 빠진다. 양친의 학대와 고아원에 방치됐던 어린 시절, 타고난 예술 재능과 섬세하고 예민한 감수성, 주목받고 싶어 하는 성향, 카포티는 페리에게서 자신의 모습을 보고 그의 운명에 묘한 비애를 느낀다.

비극적 운명이라는 게 과연 전적으로 우연과 한 개인의 선택으로만 만들어지는 걸까. 내가 나 자신의 운명에 대해 갖는 지분은 어느 정도나 될까. 범인이 잡히고 그들에게 내려진 사형 선고가 집행될 때까지의 과정 역시 '살인'이라는 범죄를 또 다른 살인인 '사형'으로 단죄함으로써 우리의 무죄를 증명하고, 사회의 정의를 실현했다고 믿는 것은 아닌지 자꾸 돌아보게 했다. 딕과 페리가 죽어 마땅한 사람이라는 확신을 되새기며 사형식을 사회 정의가 바로 서는 축제처럼 느끼려고 하는 사형 참관인들의 모습은 그대로 내 모습과 겹쳐졌다.

이 책은 구성도 무척 독특하다. 글을 쓰는 카포티는 전면에 나타나지 않은 채, 사건이 발생하기 전부터 클러터 일가와 페리 일행, 마을 주민들의 목소리를 교차시킨다. 수사관이 개입하는 순간부터는 수사관까지 포함해, 카포티는 이 책에 등장하는 모든 사람에게 그들 자신의 목소리를 부여한다. 책을 읽는 사람은 관점이 옮겨 갈 때마다 마치 그들이 된 것처럼 그들의 감정을 느낄 수 있다. 그러다 보면 그들

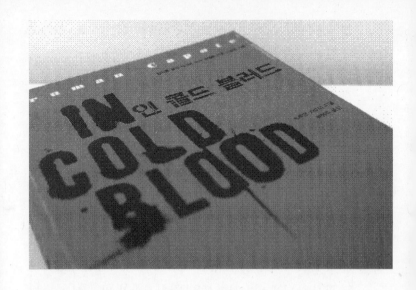

『인 콜드 블러드』가 처음 나왔을 때는 훨씬 범죄 논픽션 느낌이 드는 표지였지만 트루먼 카포티 선집으로 다시 선보이면서 저자 사진이 담긴 표지로 바뀌었다. 범죄 논픽션을 좋아한다고 말하는 건 어쩐지 떳떳지 못해서 범죄 논픽션은 사람들 눈에 띄지 않는 구석진 자리에 두곤 한다.

모두에게서 나 자신의 일부를 보게 된다.

그건 마치 서로를 끝없이 비추는 마주 세운 거울 같았다. 카포티가 바라본 거울엔 페리가, 페리가 바라본 거울엔 클러터가, 클러터 상대편엔 숀이, 다시 잭이, 넬이, 듀이가 끝없이 이어져 있는 것 같았다. 그 거울 속 어딘가에는 분명 내 얼굴이 있을 것이다. 어떤 끔찍한 사건이 벌어졌을 때, 그 사건이 말끔하게 해결되고 범인이 응분의 대가를 치른다고 해도 사건으로부터 생겨난 그림자는 그 주변을 평생 떠돈다.

카포티 역시 그랬다. 카포티는 페리 일당의 사형을 바라지만 한편으로는 바라지 않았다. 검거부터 사형이 집행되기까지 3년, 카포티가 책을 완성하기까지 6년. 그 후 카포티는 단편 몇 편을 써내기도 했지만 장편은 단 한 권도 완결을 내지 못한 채 알코올합병증으로 죽었다.『인 콜드 블러드』를 펴내고 죽기까지 거의 이십여 년 동안 그는 쓰려고 했던 책을 쓰지 못했다. 어떤 사람의 삶은 어떤 사건의 전후로 나뉜다지만 어떤 사람에게는 사건이 진행된 시간만이 유일한 삶의 시간이 되기도 한다.

책에는 카포티 본인의 목소리가 잘 드러나지 않지만 영화『카포티』는 좀 다르다. 영화 속에서 잊히지 않는 대사가 있다. "페리와 나는 어렸을 때부터 같은 집에서 자란 것 같았어. 그런데 어느 순간 나는 앞문으로, 그는 뒷문으로 나간 것 같았지." 그 집에서 태어난 것은 카포티와 페리만이 아니다. 우리 모두의 심연 속에는 잔혹과 어둠이 깃들어 있다. 우리가 범죄자를 괴물로 생각할수록 우리 속의 어둠은 더 깊숙이 숨을 것이다.

　　범죄 논픽션이나 실화를 바탕으로 한 범죄소설은 어쩐지 책꽂이에 꽂아 두기 껄끄럽다. 『살인자들과의 인터뷰』, 『빌리 밀리건』, 『화이트 시티』, 『타블로이드 전쟁』, 『블랙 달리아』. 흥미롭게 읽었던 이런 책을 다른 사람 눈에 띄지 않게 구석에 꽂아 두었다. 하지만 앞으로도 범죄를 다룬 작품은 내가 사랑하는 책일 것이다. 그렇게 시시때때로 내 안의 어둠을 들여다볼 작정이다. 그 어둠은 언제나 가지만 남은 겨울나무들이 지평선을 이루던 황량한 캔자스의 풍경으로 떠오른다. 순전히 카포티 때문이다.

아버지의 오래된 숲

　엄마가 아빠와 헤어진 지 이십 년이 되어 가지만 오지
랖 넓은 사람들은 가끔씩 묻는다. 아빠와 전혀 왕래가 없느
냐고, 그러지 말라고, 얼마나 보고 싶겠느냐고, 부모 마음
은 다 똑같은 거라고. 그런 말을 들을 때마다 난감하다. 어
릴 때 내 소망은 하루라도 빨리 집에서 벗어나는 거였다. 다
른 지역으로 대학에 가는 게 희망이었기에 이미 붙은 대학
을 관두고 재수를 해 가며 서울로 진학했다. 집이 드리운 그
늘에서 벗어나 전혀 다른 사람으로 살고 싶었다.

　안정된 직장을 가진 아버지, 현숙한 전업주부 엄마, 다
복한 형제자매로 이루어진 가정은 남들 보기에는 번듯했다.

사람들은 그래도 아버지 아니냐고 하지만 나는 아빠가 전혀 그립지 않다. 아빠 역시 마찬가지일 것이다. 우리 아빠로 살아온 몇십 년 동안 우리에게 어떻게 했는지는 우리가 가장 잘 안다. 부모 마음이 다 같다는 말은 거짓이다. 마음은 마음으로 전해지는 거라서 받은 사람이 가장 잘 안다. 사랑은 본래 감춰지지 않는데, 우리는 단 한 순간도 그걸 느껴 본 적이 없다. 그건 엄마의 남편으로서도 마찬가지다.

　폭력적인 아버지 밑에서 자란 것이 자랑은 아니지만 그렇다고 특별히 흉거리도 아닌데, 오랫동안 비밀로 삼았다. 나도 모르게 그 영향력 아래서 어딘가 일그러지거나 망가진 부분이 있을지도 모른다고 걱정했기 때문이다. 사정을 모르면 그냥 개성으로 받아들여질 성격도 아이가 보통 사람이 생각하는 정상 가정의 범주에서 벗어나 있다는 걸 아는 순간, 모든 것이 그 탓이 된다는 걸 나도 알고 있었다. 그러면 동정받거나 비난받는다. 그게 싫었다.

　아버지를 이해해 보려고 노력한 적도 있었다. 많았던 형제자매를 잃고 독자로 자란 것, 혹독한 가난, 책임감 없는 술주정뱅이 할아버지, 가정을 꾸리기에는 모든 것이 서툴렀던 할머니, 일찌감치 짊어진 가장의 무게. 하지만 그것이 폭력의 이유가 되어서는 안 되지 않을까? 우리는 인간이니까.

물론 인간은 완벽할 수 없다. 그렇기 때문에 부족한 부분에 대한 솔직한 인정과 사과가 필요하다. 변명해서는 안 된다.

아버지와 관계가 돈독한 딸을 보면 언제나 마음이 복잡해졌다. 부럽다가 질투가 났다가 아쉬움에 한숨이 났다. 누구나 가질 수 있는 중요한 것을 잃었다는 생각에 슬퍼졌다. 베른트 하인리히의 『아버지의 오래된 숲』은 그가 펴낸 모든 책을 사 볼 정도로 좋아하는 작가의 신작이기도 했지만 아버지 이야기라는 점에 더 끌렸다. 사람들이 아버지를, 혹은 아버지 세대를 어떻게 이해하는지 궁금했다.

처음부터 베른트 하인리히도 세상 모든 다른 아들처럼 아버지처럼 살지 않겠다고 외친다. 그러면서도 그는 철저한 과학자로서 아버지를 되살린다. 사실이 아닌 것에 결벽하게, 감정을 최대한 배제하고 마치 논문과 실험 자료를 모으듯 아버지의 이야기를 모은다. 아버지와 어머니, 아버지의 전처와 그 딸의 인터뷰, 가족이 주고받은 수천 통의 편지, 아버지 입장이 충분히 반영된 미출간 자서전 역시 자료로 쓴다.

아마추어 곤충학자 아버지에서 동물학자 아들로 이어지는 생물학사 100년은 세대의 단절만큼 급격하게 변했다. 빅토리아 시대부터 다윈, 월리스, 훔볼트, 오듀본으로 이어

베른트 하인리히의 책이 출간되었다는 소식이 들리면 무조건 사두어야 한다. 모든 책이 훌륭해서 대체로 번역이 되지만 베스트셀러가 아니라서 금방 절판된다. 근래 나온 책 두어 권을 빼놓고는 『아버지의 오래된 숲』까지 현재 모두 품절 혹은 절판 상태다. 다 사 모으려고 했지만 『뒤영벌의 경제학』과 『까마귀의 마음』은 구하지 못했다. 소박한 그림이 돋보이는 『동물들의 겨울나기』는 특히 사랑스러운 책이다.

지는 고전주의 동물 연구는 채집과 분류가 연구의 주를 이뤘다. 이때는 대자연 자체가 연구소이자 연구 대상이었기 때문에 베른트 하인리히의 아버지는 아내와 함께 먼 지역으로 긴 여정을 떠났다. 어린 베른트와 누이는 아버지의 전 부인인 큰어머니에게 맡겨졌고 부모는 편지 속에만 존재했다.

말하지 않아도 그 밑에 깔린 원망이 전해졌다. 아버지의 삶에서 가장 중요한 사건은 양차 세계대전이다. 아버지는 1차 세계대전에 군인으로 참전함으로써 전쟁의 참혹을 직접 경험했다. 아버지가 경험한 전쟁 이야기를 옮기면서 아들은 툭하면 맵시벌과 새로운 종의 새를 찾아 야생의 자연으로 떠나곤 했던 아버지가 사실은 눈앞에서 벌어지는 광기로부터 달아나고 싶어서였던가 추측한다.

또한 아버지가 겪은 전쟁을 베른트가 생물학자의 관점에서 분석한 부분은 명쾌하다. 1차 세계대전 후 히틀러가 권력을 장악하게 되는 과정을 분석한 대목이다.

"사태는 곧 급변했다. 민심이 히틀러 쪽으로 기울기 시작한 것이다. 어쩌다 일이 이렇게 됐는지 역사가들 사이에서는 두고두고 말이 많았다. 생물학자인 내겐 특정 자극에 대한 반응으로 보인다. 메뚜기는 큰 무리를 이루면, 몸의 형태와 색깔, 행동에 변화가 일어나고, 철새처럼 떼지어 이동

한다. 이들은 극도로 불안한 행태를 보이고 무섭게 먹어 치우며 맹목적으로 이리저리 몰려다닌다. 인간을 180도 돌변하게 하는 가장 강력한 자극제는 공격받고 있다는 자각이다. 그런 자각이 들면 대열을 좁히고, '적'을 찾아 나선다. 적의 색출은 '우리'와 '저들'을 분리하고, '저들'을 '적'으로 규정하는 것부터 시작된다. 절박한 상황에 처하면 그 책임을 물을 대상을 찾아 나서기 마련이다. 이렇게 혼란과 무질서가 난무할 때 권위 있는 인물이 나타나 질서 회복을 약속하는 경우 군중 다수의 지지를 받을 가능성은 매우 높다. '적'이 실재하든 상상의 산물이든, 그 적을 색출하고 없애는 동안 '자유'는 제약당할 수도 있는 부차적인 문제가 된다. 이제 마녀사냥이 시작된다. 복종하면 보상이 주어지고, 거역하면 지도자가 쥐고 있는 권력에 정비례하는 보복이 가해진다."

혼란한 시대를 살면서도 아버지가 나치당이나 나치 동조 단체에 한 번도 가담한 적이 없었다는 사실을 확인했을 때, 아들은 깊이 안도한다. 하지만 만약 가담했더라도 그런 아버지를 원망하고 욕할 수 있을까. 내가 똑같은 상황이었다면 어떻게 했을까 상상해 보는 대목은 윗세대를 이해하려 할 때 어떤 태도를 가져야 할지 생각하게 한다. 나라면 과연 할 수 있었을까 하는 행동을 윗세대에게서 발견하면 그것

자체가 희망의 증거로 느껴질 것이다.

아버지가 동네 주민을 구하기 위해 용기를 내는 대목은 뭉클하다. 아버지는 수용소에 끌려간 친한 이웃 코왈레프스키를 데려오겠다고 호기롭게 나선다. 하지만 수용소에 도착했을 때 아버지가 맞닥뜨린 것은 막 파낸 구덩이에 잔뜩 쌓여 있는 유대인의 시체였고, 그걸 보자 아버지의 몸은 덜덜 떨렸다. 도망치려는 자신을 억지로 떠밀어, 아버지는 곡식과 고기를 생산해야 하는데 농기구를 만들고 수리할 대장장이가 여기 붙들려 와서 데리러 왔노라고 태연히 책임자에게 말한다. 책임자가 안 된다고 하자 다시 아버지는 도탄에 빠진 식량 생산을 방해한 죄로 상부에 고발하겠다고 거짓 으름장을 놓는다. 같은 동네 주민이었던 책임자는 미심쩍어하면서도 혹시 정말 고발해서 자신이 불이익을 당할까 두려웠는지 코왈레프스키를 순순히 풀어 준다. 코왈레프스키는 그 덕분에 목숨을 건진다.

어제까지 이웃이었던 사람들이 잡혀가고 죽는 혼란의 와중에도 아버지는 시대의 한계를 변명으로 삼지 않았다. 비상 물품을 사러 나온 길에 독일군이 유대인 이웃을 끌고 가는 모습을 보고도 아무 말도 하지 못한 아버지는 두고두고 자신이 독일인이라는 사실을, 또 그 일이 부당했다는 걸 잘 알면서도 아무것도 하지 못한 자신을 부끄러워했다.

역사를 좌우할 선택을 개인이 하는 경우는 드물겠지만 베른트는 자신의 아버지가 적어도 약한 사람을 괴롭히거나 그에 동조하지 않은 사람이었다는 것만으로 충분히 기뻤으리라. 만약 내 아버지가 인간적으로 존경할 만한 분이었다면, 아버지에 대한 원망이나 미움을 덜했을까 상상해 봤다. 잘 모르겠다. 다만 베른트는 아버지에 대한 아쉬움이나 원망 때문에 아버지의 다른 면, 그러니까 과학자나 저술가로서의 장점을 덮지 않는다.

개인을 이해하는 것과 세대를 이해하는 일은 다르다. 나는 세대를 이해하기 위해 노력할 것이다. 그래야 인류가 조금이라도 나아질 테니까. 하지만 아버지는 영원히 용서하지 못할 것이다. 베른트의 이 말이 마음에 남았다. "한 사람의 생은 철학이 아니다. 종을 구분하고 이름 짓는 식별 특징처럼 고유한 특수성의 종합이다" 인간의 식별 특징에는 미덕과 악덕이 섞여 있다. 악덕은 여전히 악덕인 채로 말이다. 그것까지 이해할 필요는 없다.

오픈 북

　나는 책벌레가 아니다. 책벌레는 내 현실태라기보다 이상향이다. 그래서 수많은 책벌레가 쓴, 책에 관한 책, 독서에 관한 책, 도서관이나 서점에 관한 책을 좋아한다. 다행인지 불행인지 그런 책은 정말 많다. 소설가 장정일은 60세가 될 때까지 20권의 독서일기를 펴내겠다는 포부를 밝히고 '독서일기'를 시리즈로 내고 있는데, 좋았던 책뿐 아니라 별볼 일 없었던 책에 대해서도 가차 없이 썼다.

　좋은 거 보기도 바쁜데, 별로인 걸 읽는 데 시간을 들이고 마음에 안 든다고 쓰는 데 또 시간을 투자하다니, 정말 책을 사랑하는 사람인가 보다. 실패작은 외출 길에 들고 나와 아무 공중전화 위에 놓아둔단다. 별로인 책을 다른 독자가 미리 피하게 해 주는 덕업德業을 쌓는가 했더니 혼자만 읽은 게 아무래도 억울했던 모양이다(물론 그 책을 발견한 어떤 이에게는 감명을 주었을지 모르니 덕업의 연장일지도 모른다).

본격적인 평론집을 제외하고 대부분의 작가도 한두 권쯤은 독서일기를 펴낸다. 국내 저자뿐 아니라 외국 저자도 마찬가지다. 무언가 좋은 게 있으면 아는 사람과 떠들고 싶은 게 사람 마음인데, 책을 읽는 사람은 친구가 없어서 그걸 글로 쓰는 것 같다. 물론 농담이다(하지만 일말의 진실도 담겨 있다. 책을 읽고 글을 쓰는 데는 혼자만의 시간이 절대적으로 많이 필요하다!).

독서일기를 쓰는 사람이 애서가라면, 장서가는 책 자체의 물성에 빠진 사람이다. 희귀본·초판본 등에 열광하는 사람도 있지만 대개는 책을 쌓아 두는 것만으로 흐뭇해한다. 하지만 책은 생각보다 무겁고 종수도 엄청나다. 끝도 없이 모으다 보면 그야말로 '패가망신'의 지름길이다. 오카자키 다케시가 쓴『장서의 괴로움』에는 실제로 책의 무게 때문에 집이 무너진 사람의 사연을 비롯해 온갖 '짠내 나는' 사연이 가득하다.

책에 대한 탐욕 때문에 겪는 온갖 바보 같은 일을 자랑 삼아 이야기하는 책은 비슷한 곤경에 처한 사람에게 공감과 함께 자기 연민을 불러일으킨다. 책을 사는 속도가 읽는 속도를 따라가지 못해 '첩첩책중'에 갇혀 지내는 사람은 같은 책을 두 번 사거나 분명히 있는 줄 알지만 찾지 못해서 다시 사는 일이 예사다. 스스로 명품 가방이나 구두보다 값도 싸고 남는 게 있으니 보람 있다고 자위할지 모르지만 마음의 본질은 다르지 않다.

책에 관한 이 숱한 책 가운데 가장 내 마음을 끄는 것은 언제나 책이 한 개인의 삶과 부딪쳐 만들어 내는 이야기다. 책이 어떤 사람에게 특별한 경험이 되어 다시 새로운 이야기가 되는 이야기의 이 연쇄 파문이 참 좋다. 게다가 이런 책은 책을 만드는 사람에게 매우 실용적이다. 책벌레 저자의 폭넓은 식견 덕에 그동안 몰랐던 책이나 작가를 알게 되어 새로운 책의 출간으로 이어지기도 하기 때문이다.

이런 책은 또 잘 안다고 생각했던 책을 새로운 관점으로 보게 한다. 똑같은 책이라도 읽은 사람이 어떤 사람이냐에 따라, 그가 가진 어떤 경험과 만나느냐에 따라 저마다 다른 책처럼 보이는 건 참 신비롭다. 이런 책을 읽고 나면 독자를 책을 만든 사람의 의도를 일방적으로 수용하는 대상이

책의 물성에 빠진 사람들은 한정판이나 특별판이라는 말에 혹한다.

좋아하는 책이나 작가라면 더욱 그렇다. 『스밀라의 눈에 대한 감각』은

1996년에 까치에서 정영목 선생이 번역한 『눈에 대한 스밀라의

감각』으로 나왔다가 판권이 만료된 후 2005년에 박현주 선생의

번역으로 마음산책에서 재출간되었다. 마음산책에서는 2016년에 이 책의

출간 25주년을 맞아 한정판을 내기도 했다. ＋ 2015년에 타계한

올리버 색스의 일주기를 맞아 헌시와 사진을 추가해 새로 디자인한

『뮤지코필리아』가 나왔다. 이미 산 책이었지만 그냥 지나칠 수 없었다.

이렇게 덮어놓고 사다가는 '패가망신'을 못 면할 것 같다.

아니라 취향과 역사를 가진 고유한 개인으로 보게 된다. 같은 책에서 다른 감상을 만나는 수많은 사람을 생각하면 책을 만드는 마음가짐도 달라진다.

책에 관한 책은 대부분 조바심을 내며 읽게 된다. 그들의 인식을 바꾸거나 삶에 개입했거나 놀라움을 선사한 그 책들을 나도 얼른 읽고 싶다는 마음과 이렇게 훌륭한 책도 모르고 이제까지 잘도 살았구나 하는 허탈이 혼재된 조바심이랄까. 하지만 '젊은 독서가의 초상'이라는 부제가 붙은 『오픈 북』을 읽을 때는 그렇지 않았다.

『워싱턴 포스트』의 서평 기자인 마이클 더다가 어린 시절부터 대학 시절까지 경험한 독서의 황홀경을 그렸는데, 고전을 빼고 그가 읽은 책이 대부분 내가 읽을 수도, 공감할 수도 없는 미국적인 책이라 아예 무슨 책인지 알 수 없었고 읽고 싶은 마음도 별로 들지 않았다. 덕분에 조바심이 사라지고 책이 아니라 그의 마음에 집중할 수 있었다. 오하이오 주 로레인에 있는 제철 공장 노동자의 아들로 태어나 서평가가 될 때까지 책이 그에게 해 준 일이 얼마나 멋졌는지 말이다.

"나는 그 크리스마스를 잊지 못한다. 아주 추운 밤이었지만 따뜻하고 편안한 곳에서 맛있는 음식을 먹으면서 매혹적인 책을 읽은 것이다. 옆에서는 주방 테이블 위에 떨어지는 5센트와 10센트의 동전 소리들이 은은하게 들려왔고 이 모들은 선물들로 밝게 장식된 거실에서 나지막한 목소리로 그들의 자녀들에 대해 이야기를 나누었다. 아, 그렇게 보낸 한 시간 혹은 두 시간! 그것은 워즈워스가 말한, 인생의 기력을 회복시키는 '한 점의 시간'a spot of time이었고, 잡티가 전혀 들어 있지 않은 완벽한 행복의 시간이었다."

뚱뚱하고 근시에다 어눌하고 운동도 못하는 어린 시절의 더다는 친구들 틈에서 기죽고 외롭고 상처 입었던 마음을 그런 시간으로 치유했다. 질풍노도의 시기였던 중·고등학교 시절은 또 어떻고? 책 좀 읽는다고 겉멋을 부리는 모습은 꼭 나 같았다. 소설 속 주인공처럼 내면의 운명을 성취해야 한다며 가출을 하고는 굉장한 모험을 한 듯 의기양양해하는 모습에는 전 세계 청소년이 지나는 시간은 다른 듯 같구나 하며 괜히 안도했다.

육체노동자의 자식으로 명문대에 들어가 재능 있는 부잣집 아들들 틈에서 부끄러움과 열등감, 시기심을 느끼던 더다가 책 속에서 길을 찾는 모습은 뭉클하다. 증권 회사에 취직하거나 돈 많이 버는 최고경영자CEO 따위는 그 시절에 없었다. 오로지 시를 외우고, 수업 시간에 쓴 노트를 보고 또 보고, 수업과 관련된 평론을 몽땅 읽고, 시의 의미와 구조를 깊이 생각하며 연필심을 날카롭게 다듬는 시간은 어느 때든 한 번은 인생에서 누려 봄 직하지 않은가 싶었다.

그런 그가 책을 읽고 쓰는 직업으로 중년에 이르렀다. 중년은 어쩐지 세상 이치를 다 안 것만 같아 책과 멀어지기 좋은 시기다. 누가 어떤 말을 해도 다 아는 말 같고 대단찮게 들린다. 목소리가 크고 높을수록 '흥, 그래 봤자' 하고 심드렁해진다. 그래도 그게 다는 아니다. 경이와 감탄, 갈증의 독서는 끝나지만 중년의 독서 세계가 새롭게 열리기 때문이다.

"열변을 토하는 것은 싫다. 내가 선호하는 예술은 세련되고 절제되고 잘 탁마된 것이다. 감동적인 것보다 재치 있는 것이 좋고 현실적인 것보다 예술적인 것 혹은 인위적인 것이 좋다. 이제는 소설보다 역사나 전기가 더 매력적이다. 현대물보다 고전이 더 마음에 와 닿는다. 셰이커 교도의 단순함이 내게 호소한다. 또 탈레랑은 이렇게 조언했다. 'Surtout pas de tropzele(무엇보다도 열광이 없어야 한다).'"

어느새 중년에 이른 나는 그에게 잘 안다는 듯 눈을 찡긋거리고 싶다. 세상에 있는 책은 모두 몇 권이나 될까? 엄청나게 많다! 한 사람이 죽을 때까지 읽을 수 있는 책은 얼마나 될까? 아무리 기를 써도 만 권을 넘기 힘들다. 책보다 재미있는 것은 또 얼마나 많은가? 그런 세상에서 책 읽기를 좋아하고 읽은 이야기 하기를 좋아하는 사람을 만난다는 건 얼마나 드문 일일까? 편집자가 책에 관한 책을 좋아하는 건 그래서다.

빅스톤갭의 작은 책방

이십여 년 전, 인터넷 서점에 밀려 하나둘 문을 닫았던 동네 책방이 개성 있는 작은 책방으로 다시 돌아오고 있다. 책을 좋아하는 사람이라면 누구나 한 번쯤 꿈꾸는 서점 주인을 나 역시 은밀하게 꿈꿨다. 그러나 크든 작든 사업이라는 건 정교한 계산이 필요한 고난도 일이라 나 정도 깜냥으로는 어림없을 거 같아 지레 체념했다. 마흔 중반을 넘어가니 돈을 많이 버는 일보다 즐겁게 오래 할 수 있는 일을 자꾸 공상하게 된다.

책 만드는 일을 좋아하지만 육아와 가사 역시 잘하고 싶어서 회사를 그만두고 독립적으로 일해 왔다. 조직 안에서 역량을 쌓아 가면서 월급을 받고 상사의 신뢰와 동료나 선·후배의 존경을 받는 삶도 멋졌겠다 혼자 생각해 봤지만 삶은 딱 한 번밖에 살 수 없으니까 어떤 게 더 나았을지는 아마 영원히 알 수 없겠지.

내가 바라는 건 아이들 옷에 단추가 떨어지면 바로 달아 주고 가족이 옷장을 열면 다림질된 옷들이 걸려 있고 식탁 의자에 소음 방지 부직포 테이프가 납작해지기 전에 갈고 아이들의 실내화에는 일주일 이상의 때가 묻어 있지 않게 하고 계절이 바뀔 때면 이불을 바꾸고 화분을 싱싱하게 가꾸며 행주는 늘 하얗게 유지하고 창은 깨끗하게 닦아 두고 아이들이 밥을 달라고 하면 바로 따뜻한 밥을 줄 수 있는 삶이었다.

언젠가 최은숙 선생이 쓴 『세상에서 네가 제일 멋있다고 말해주자』에서 이 대목을 읽고 이게 바로 내가 바라는 상태였다는 사실을 깨달았다.

"어느 날 친구네 집에 놀러 갔다가 부엌의 나뭇간에 마치 두부를 잘라 놓은 것처럼 노란 솔잎이 빼곡하게 채워진 걸 보았다. 앞마당의 장작더미도 예술이었다. 잘 마르고 가늘게 도끼질이 되어 차곡차곡 쌓인 나무 청. 나는 처음으로 그 친구에 대해 열등감을 느꼈다. 그건 능력이라기보다 분위기였다. 아무리 공부를 더 잘하고 학교에서 더 인정받는다고 해도 결코 따라갈 수 없는 안정된 분위기. 부엌 바닥은 늘 평평하게 다듬어져 있고 아궁이는 불을 잘 빨아들이도록 시시때때로 보수가 되며 굴뚝이며 울타리에도 항상 손이 가서 가난하지만 낡아 가지는 않는 집, 가장의 손길이 느껴지는 집.”

내 집이 그렇길 바랐다. 꿈꾼 만큼 완벽하지는 못했지만 할 수 있는 한 노력은 했다. 그리고 아이들이 자라 상대적으로 손이 덜 가기 시작하자 내 삶에 집중하고 싶어졌다. 그럴 때 만난 책 『빅스톤갭의 작은 책방』은 마음에 품어 둔 꿈을 일깨웠다. 주인공인 잭과 웬디가 애팔래치아 빅스톤갭 마을의 이 층 집 앞에서 헌책방을 해야겠다고 마음먹는 순간, 내 가슴도 함께 두근거렸다. 그들의 도전은 무모해 보였다. 더구나 이웃한 서너 주의 인구를 합쳐도 오천 명이 겨우 넘고, 기간산업의 활기가 사라진 시골 마을에서 헌책방이라니. 나는 이들 앞에 닥칠 어려움을 내 것처럼 상상했다.

팔 책을 구하기 위해 소장 도서를 정리하고, 부지런히 발품을 팔며 동네 차고 세일을 뒤지는 것부터 쉬운 일은 없었다. 꿈꿀 때는 아름답지만 그것을 실현하는 과정은 냉정한 현실이다. 마을 사람들은 태어나서 처음 보는 동네 서점에 비상한 관심을 가져 줬으나 얼마나 가려나 하는 심드렁한 관심이었다. 단 몇 장에 요약된 나날이지만 개점할 때까지 엄청난 노동량은 둘째 치고, 얼마나 큰 불안과 두려움에 시달렸을까?

다행히 웬디는 헌책방 '테일스 오브 론섬 파인'에서 이웃과 어울리며 원하던 삶을 살게 되었다. 그곳도 사람 사는 세상이니 재수 없는 인간이 없는 건 아니지만 그들은 책과 책방을 통해 인간에 대한 근본적인 믿음과 사랑을 확인한다. 특히 기억에 남는 건 돌아가신 어머니 책이라며 어떤 남자가 가져온 자루 속 책을 살펴보는 대목이다.

"그 여덟 개의 자루는 사랑 넘치고 충만했던 한 삶을 증거 하고 있었다. 허브와 직접 재배한 유기농 채소 요리책 몇 권, 베이킹 책 컬렉션, 가장자리에 깨알같이 메모를 써넣은, 적은 돈으로 집을 꾸미는 법에 관한 낡은 양장본 한 권, 아들을 하느님의 자녀로 키우는 법에 대한 제임스 돕슨의 책 한 권, 에로틱 소설—할리퀸 소설이 아니다. '패니 힐' 수준의 명작이다—두 권, 아동 교육서인 '리틀 골든 북 시리즈'와 낡아서 다 떨어진 1995년판 '차일드 크래프트 아동용 백과사전' 한 질(아들들이 어쩌다 독서를 그리 기피하게 됐는지는 모르겠지만 어머니가 자식들에게 책이 풍성한 환경을 제공해 준 것만은 확실하다!) '관절염과 민간요법', '관절염 퇴치하기', '관절염 다스리며 살아가기', 노화를 소재로 한 유머러스한 크리스천 포켓북 몇 권, 거의 손도 안 댄 듯한 노인들이 집에서 할 수 있는 작업 치료에 관한 책 네 권, 그리고 아직 비닐을 뜯지도 않은, 알츠하이머병에 대한 페이퍼백 한 권. 어머니의 일생이 어떻게 흘러갔는지 그려 보는 것은 그리 어렵지 않았다. 가슴 먹먹한 순간이었다."

과연 내가 죽은 후에 남은 서가는 내 삶에 대해 어떤 말을 해 줄까? 잭과 웬디는 가격과 가치는 다르다고 말한다. 중고품의 경우는 더 그렇다. 헌책의 가격은 돈으로 계산할 수 있지만 추억의 순간으로 매겨진 것은 가치다. 잭과 웬디는 그걸 잘 알고 있었다. 죽음이나 이혼으로 떠나간 이의 책에 값을 매기는 일은 오래된 잡동사니 서랍을 열고 하나하나 물건을 꺼내면서 그 물건에 깃든 과거를 떠올리는 것이나 마찬가지니까. 누군가 읽은 책은 말해지지 않은 이야기로 비로소 책이 된다.

그래서 이들에게 책을 파는 일은 각별하다. 다른 물건은 기능적인 역할을 잘해 내면 그뿐이지만 책은 사람에게 저마다 다른 의미를 띤다. 어떤 사람에게는 오락을, 어떤 사람에게는 정보를, 어떤 사람에게는 감동과 동기를, 어떤 사람에게는 한 줌의 지혜를 준다.

치매 환자인 엄마를 모시고 와 잠깐 책을 둘러보는 사이에도 엄마에게서 눈을 떼지 못하던 중년 부인에게 책은 다른 의미의 위안이었다. 그녀는 또 오라는 웬디의 인사에 이렇게 답한다. "걱정 마세요. 또 올 거니까. 나는 딘 쿤츠(호러와 스릴러 작가)의 소설이 그렇게 좋더라구요. 온갖 시름을 싹 잊게 해 주거든요. 이 양반 책의 등장인물들이 겪는 일들에 비하면 나한테 일어나는 일은 아무것도 아닌 것처럼 느껴져요." 그러므로 책의 역할은 궁극적으로 다른 세계, 다른 사람을 만나게 하는 것이다. 그들에게 책이 상징하는 것은 책을 읽은 사람과 함께 만드는 상상의 공동체이고 그들과 나누는 동료애다. 하지만 안타깝게도 책방 주인은 거기 낄 수 없다.

주문을 확인하고 헌책의 곰팡이를 털어 내느라 책을 읽을 시간도, 책에 관한 짜릿한 이야기를 나눌 시간도 없단다. 그래서 책방을 운영하려는 사람이 갖춰야 할 필수 조건은 '책을 좋아하십니까?'가 아니라 '사람을 좋아하십니까?'여야 한단다. 게다가 동네 책방은 단순히 상점이 아니라 지역 문화의 거점으로 라이프스타일과도 상관이 있다.

잭과 웬디는 공동체의 일원으로 섞여 들고, 마침내 공

동체에 보탬이 되는 삶을 살고자 한다. 적게 쓰고, 더 많은 것을 나누기 위해 이웃의 수공예품과 헌 옷을 사고, 지역에서 생산된 식품을 먹는다. 그들은 자신을 증명하고자 하는 욕구가 크지 않고, 증명한다고 해도 정직하게 하려는 마음 따뜻한 친구들과 함께하는 평온한 삶을 원했다.

나도 이런 삶을 원한다. 공동체 속에서 사람들과 함께하며 그들에게 책과의 만남을 주선하고 그들과 감상을 공유하는 것. 한편으로는 이게 아름답지만 공허한 이상이 되지 않도록 어떻게 하면 더 많은 책을 팔 수 있을까 고민하는 정직한 삶을 살고 싶다. 이 전망이 밝지만은 않다. 그래도 꿈을 좇는 것이 남에게 승인된 삶을 사는 것보다 훨씬 멋지지 않을까. 이루지 못하는 꿈이 되더라도.

뼈가 들려준 이야기

나는 책을 이루는 모든 물성을 사랑한다. 한 손에 잡히는 적당한 두께의 책등은 사랑스럽고, 두 손으로 잡아야만 겨우 페이지를 넘길 수 있는 '벽돌' 책은 듬직하다. 시선을 사로잡는 표지는 그 자체만으로 소유욕을 불러일으킨다. 이미 가지고 있는 책인데, 출간 몇 주년을 기념한다거나 저자의 부고 등으로 한정판이 출간되면 달라진 표지 때문에 또 산다.

이 책이 얼마나 훌륭한지 이름난 추천인들이 보증해 주는 뒤표지도 좋고, 저자와 역자를 소개한 앞날개, 출판사의 책 목록 등 알찬 정보를 담은 뒷날개도 사랑한다. 표지를 넘기면 나오는 색 면지에는 저자 사인이나 선물할 사람에게 주는 짧은 메모를 적을 수 있다. 한때는 거기에 구입 동기 등을 메모하기도 했다. 책 소유권의 주장이면서 쓸모의 확인인 셈이다.

면지 바로 뒤에 책 제목만 아주 작게 쓰여 있는 권두는 새로운 세계가 열린다는 신호 같아서 언제나 설렌다. 표지에 두른 띠지는 다들 귀찮아하지만 내겐 책갈피로 유용하다. 책 읽는 동안 쓰다가 다 읽으면 원래대로 끼워 두는데, 그러면 처음 책 모양과 똑같아진다. 원래 모양대로 책을 보관하는 건 그렇게 만드느라 편집자와 디자이너, 마케터가 얼마나 오래 고민했는지 잘 알아서이기도 하지만 만듦새 자체로 참고가 돼서다.

책을 아끼는 사람은 책이 햇빛에 바래는 것을 막으려고 집에서 가장 어두운 방을 서재로 삼고 여름이면 책꽂이 칸마다 커튼처럼 신문지를 붙여 두기도 한다. 나는 그 정도는 아니지만 긴 세월 수많은 사람의 아이디어와 손길로 완성된 책의 물성을 구석구석 기억해 주고 싶다. 여기까지 읽은 분이라면 앞으로 책을 볼 때 내가 언급한 모든 부분을 의식하게 될 것이다. 그러셨으면 해서 이렇게 길게 썼다.

나는 책을 만든 사람들 이름이 하나하나 적혀 있는 판

권 페이지를 읽는 것을 좋아하는데, 그만큼 저·역자 소개 읽는 것을 좋아한다. 출판계 사람들이 산파라면 저·역자는 직접 책을 낳은 사람이니까. 과거에는 어느 학교를 나오고 무엇을 전공했고 그동안 어떤 책을 냈는지 등 사실만을 썼는데 요즘은 개성 있는 소개 글이 많아 읽는 재미가 더하다.

소설가 심윤경의 책을 볼 때는 문학과 전혀 상관없어 보이는 분자생물학을 전공한 과학도라는 프로필에 왠지 마음이 놓였는데, 싱어송라이터였다가 소설을 쓴 루시드 폴의 '간지 나는' 저자 소개는 '뮤지션, 화학 공학자'다. 한결같은 소개 글을 유지하는 저자도 있지만 어떤 이는 출판사나 책의 성격에 따라 달리 쓴다. 프로필이 작가의 의지를 대변할 때도 있다. 이름만 달랑 적힌 저자 소개를 보면 작품으로만 말하겠다는 결연함이 느껴진다.

저자가 좋아하는 것을 늘어놓는 것만으로 소개를 대신하는 경우도 보았다. 확실히 이런 소개는 독자가 저자를 가깝게 느끼게 한다. 그중에 한 가지라도 겹치면 독자는 금세 저자와 책에 친밀감을 느낄 것이다. 같은 것을 좋아하지 않더라도 인간이란 묘해서 어떤 사람이 무엇을 좋아하거나 싫어한다는 사실을 알면 그 사람을 콘텐츠 덩어리로만 보지 않고 인간으로 상상하며 거리감을 던다.

책을 만드는 이라면 저·역자에 대한 관심에서 새로운 책이 만들어질 수도 있다. 가장 최근에 기획한 책인 『뼈가 들려준 이야기』는 순전히 우연히 보게 된 역자 소개에서 출발했다. 전형적인 문과인 내게 자연과학 책은 동경의 대상이기는 하지만 범접 불가의 영역이었다. 대학 때 학교출판부에서 책을 받을 기회가 있었는데, 맨 처음으로 고른 책이 『시인을 위한 물리학』이었다. 시인을 위한 책이니 혹시 나도 읽을 수 있지 않을까 했는데 이십여 년이 지난 아직까지도 못 읽었다.

어느 순간부터 인간의 역사가 일궈 온 성취 가운데 특히 자연과학에 대해 잘 모르고, 그 사실에 대해 아무렇지 않아하는 게 좀 부끄러워졌다. 앎을 통해 육체를 포함한 인간의 수많은 취약을 극복하고, 보이지 않는 것을 이해할 수 있는 것으로 바꾸면서, 필멸의 존재가 맞닥뜨릴 수밖에 없었던 불확실성을 해소해 온 역사에 무지하다는 사실이 인류의 일원으로서(거창하기도 해라!) 직무유기처럼 느껴졌다.

이강영 교수가 쓴 『LHC, 현대물리학의 최전선』에서 이 대목을 읽고 무릎을 쳤다.

"과학은 단순한 지식과 정보의 집합체가 아니다. 물질이 원자로 이루어져 있다는 것과, 전자 빔이나 양성자 빔이

자석 근처에서 휘어진다는 것 등을 아느냐 모르느냐는 그렇게 중요한 것이 아니다. 과학은 하나의 과정이며 하나의 관점이다. 과학에서 중요한 것은 무엇을 아는가가 아니라 어떻게 생각하는가 하는 점이다. 과학이라고 하면 확실성, 정확성과 같은 말을 연상하기 쉽지만, 미국의 과학 저술상을 두 차례 수상한 과학 저널리스트 티모시 페리스의 표현대로 과학은 오히려 우리에게 의심과 모호함을 지니고 살아갈 것을, 자신의 무지가 얼마나 엄청난지를 올바르게 인식할 것을 요구한다. 과학은 옳고 그름을 분명하게 갈라 주는 신탁이 아니라, 왜 옳고, 무엇이 그르며 어디까지가 옳고, 얼마만큼 믿어야 하는지를 탐색해 가는 과정이다."

그래서 인류의 기원부터 자연과학을 공부하기로 했다. 인간이 어디에서 와서 어떤 과정을 거쳐 지금에 이르렀으며 앞으로 어디로 갈지 알기 위해서였다. 그 과정에서 만난 책이 바로 『인류의 위대한 여행』이었다. 아프리카부터 인류의 흔적을 찾아다닌 BBC 다큐멘터리가 원본이라 여행기 같기도, 모험담 같기도 해서 좀 읽을 수 있겠다 싶었는데, 역자 소개를 보고 호기심이 동했다. 전사한 미국 군인의 유해를 분석해 가족에게 돌려보내는 일을 한다는 역자는 뼈에 관한 모든 것을 사랑한다고 했다.

과학에 대해 잘 모르는 것이 부끄러워져 여러 차례 시도한 과학책
읽기는 번번이 좌절되었다. 나에게는 높디높은 산처럼 느껴졌던
두 권의 책 『시인을 위한 물리학』과 『새로운 과학과 문명의 전환』은
여전히 난감한 대상이다. 제목을 한자로 쓴 프리초프 카프라의 명저의
위엄! 그나마 인류의 역사에 관심을 갖게 해 준 『인류의 위대한 여행』
덕분에 과학과 안면을 트고 있는 중이다.

책에 실린 역자 서문에서는 자신이 번역한 책의 흥미로운 점을 짚어 주면서도 저자의 입장과 다른 의견을 소개하며 균형을 잡는 학자의 날카로움을 드러냈고, 번역 작업 중에 있었던 일을 쓰거나 고마운 사람에게 치하를 할 때는 이를 데 없는 다정을 보여 주었다. 일간지 등에 실린 몇 개의 기사와 저서를 보고 저자로서도 훌륭한 잠재력을 갖고 있음을 확인한 후, 역자 진주현 선생에게 연락을 드렸다.

미국에 사시지만 한국전쟁에 참전한 미군 유해를 찾으러 한국 출장이 잦은 덕분에 여러 번 저자를 만나 이야기를 나누며 기획안을 만들었다. 이 년 만에 뼈를 통해 인류를, 한 인간을, 생물학을 살피는 책 『뼈가 들려준 이야기』가 나왔다. 무척 재미있을뿐더러 유익하기까지 하니 꼭 읽어 보시길! (물건이 나쁘면 권하지 않는 양심적인 편집자입니다!)

책이 나오고 나서 무엇이 이 저자라는 확신을 주었을까 생각해 보게 됐다. 지금은 소셜네트워크서비스SNS나 블로그 등을 통해 누구나 무슨 이야기든 할 수 있는 시대다. 누구든 책을 낼 수 있고, 출판은 그 권위가 예전 같지 않다. 독자가 줄고 대형 베스트셀러도 줄어들고 스타 저자 편향은 점점 더 심해진다. 저자는 많은데, 한편으로 점점 더 사라진다. 이상한 세상이다. 과연 어디에서 내 저자를 만날 수 있을까. 내가 역자 소개 하나만 보고 '이 저자'라고 확신한 이유는 뭐였을까. 오래지 않아 답을 찾았다.

그건 선생이 무언가를 사랑하는 사람이기 때문이었다. 돌아보니, 내가 매력을 느낀 저자는 모두 자기 분야를 사랑하는 사람이었다. 그들은 무언가를 사랑해서 사랑이 동반하는 모든 약점에도 불구하고 앞으로 나아갈 수 있는 사람이었다. 좋은 책을 쓰는 데는 무엇보다 그런 힘이 중요하다. 사람들은 책을 이제 가망 없는 매체라고 말한다. 하지만 나는 앞으로도 무언가를 사랑하는 사람들을 열심히 찾으러 다닐 작정이다. 그러니 거기 서요, 당신!

거의 모든 것의 역사

어디를 가든 가방에 책부터 챙기는 사람들이 있다. 일종의 광증이다. 이들은 버스를 타든, 지하철을 타든 이동 중에 읽을거리 떨어지는 일을 제일 무서워한다. 직접 운전한다고 해도 마찬가지다. 언제든 비어 있는 시간에 손에 들 책이 필요해서다. 반쯤 읽은 책을 가방에 넣을 때는 만일에 대비한다며 한 권을 더 챙겨 넣는다. 이걸로 충분할까 걱정하다가 먼저 넣은 두 책과는 전혀 다른 종류의 책도 한 권 더 챙긴다. 먼저 넣은 두 권을 읽다 지겨우면(지겨워질 때까지 읽을 시간이 어디 있다고?) 기분 전환으로 읽겠다는 심산이다. 몇 권의 책을 더 넣는다고 해도 모두 그 나름의 이유는 있다.

그러나 외출 시간이나 이동 시간이 제아무리 길어도 그 책들을 모두 읽지 못한다는 사실을 이들도 잘 안다. 게다가 우리에게는 스마트폰이라는 것이 있다. 잠시라도 여기에 한눈을 팔면 그깟 시간이야 손쉽게 사라진다. 전철을 타자마자 자리가 생겨 옳다구나 앉아도 조느라 가방 속 책은 펼쳐 보지도 못하는 경우가 허다하다. 그런 경험을 한두 번 한 것도 아닌데 좀처럼 그 버릇을 고치지 못하니 병이랄밖에. 덕분에 늘 가방은 무겁고 만성적인 어깨 통증에 시달린다.

프랑스 작가 아니 프랑수아도 그런 사람이다. 그이는 「독서광 일반병리학」이라는 글에서 "…… (무거운 책들은) 내 가방을 축 늘어지게 만들고, 내 어깨에 톱질을 해 대고, 내 몸을 오른쪽으로 기울게 만들고, 게처럼 걷게 한다. 침대에 누워 있을 때도 손에서 자꾸 떨어진다. 그래서 이두박근에 무리를 주지 않은 채 눈높이에 맞게 유지하려면 배 위에 베개를 겹쳐 받치는 수밖에 없다. 앉아서 읽을 때는 무릎에 올려놓고 고개를 숙이는 수밖에 없다. 목 통증과 관절 통증은 따놓은 당상이다. 나는 돌리프란 두 알을 먹고 목과 어깨에 방향성 진통제 돌픽(피망이 주성분이다)을 탄두리 치킨과 비슷해 보일 정도로 듬뿍 바른다"라고 썼다.

아직 진통제를 먹거나 근육통 약을 바르는 정도는 아니니 다행이라고 해야 하나. 그래도 동지가 있다고 생각하니 든든하다. 나만 미친 게 아니야. 모든 사람의 로망이라는 여행이 달갑지만은 않은 것도 책 때문이다. 어느 정도 책을 챙겨야 안심이 될지 가늠하기 어렵기 때문이다. 여행지에서 서점을 찾기 쉽지 않은 데다 원하는 책을 살 수 있다는 보장도 없어서 자칫 여행 내내 어서 집에 가고 싶다는 생각만 할 수도 있다.

그래도 나는 버티는 수준은 되지만 정도가 심한 사람은 시골에 갔다가 읽을거리가 떨어지면 민박 집에서 잡지 『새농민』을 독파하거나 비료 포대에 적힌 사용 설명서와 성분, 몇 달 전 신문 쪼가리를 처음부터 끝까지 샅샅이 읽기도 한다. 그래서 이들은 끝없이 이어지는 두꺼운 책을 좋아한다. 다시 아니 프랑수아의 얘기다.

"…… 나는 얇은 소책자보다는 크고 두꺼운 책이 더 좋다. 소책자의 경우, 첫 페이지부터 마지막 페이지까지 읽는데, 아무리 즐기면서 천천히 읽어도, 마비용역에서 쥐씨유역까지, 혹은 페라슈역에서 파르-디유역까지 가는 것보다 시간이 덜 걸린다. 반면, 두꺼운 소설은 든든하게도 일주일을 족히 버틴다. 마치 겨울 내내 장작이나 가게 문을 닫는

연휴 동안 피울 담배를 충분히 마련해 놓은 듯한 기분이다. 하지만 두꺼운 책의 경우 불안도 그만큼 크다. 나는 첫 삼분의 일을 게걸스럽게 읽어 치운다. 이어 책 중간, 읽기 편하고 은밀한 그 V가 다가오면 속도를 늦춘다. 그때부터 불안이 시작된다. 이제 겨우 반밖에 안 읽었는데 반밖에 남지 않았다. 나는 끝이라는 낱말을 향해 굴러 떨어진다."

이런 사람이 짧은 여행도 아니고 먼 길을 떠난다면, 책을 챙기는 일은 무엇보다 중요한 과제가 된다. 육 개월을 미국에서 머물렀던 때가 있었다. 영어 책이야 구하자고 들면 얼마든지 구할 수 있겠지만 공부하듯 읽어야 하는 영어 책은 재미도 없거니와 몸과 머리로 흡수되는 정도, 읽는 속도 면에서 한국어 책에 댈 게 못 된다. 한국어 책을 양껏 가져가려니 짐 무게도 만만치 않을 것 같고 돈 들여 미국까지 갔는데 영어 공부도 좀 해야지, 한국어 책만 읽을 건가 싶어서 단 한 권의 책만을 가져가기로 마음먹었다.

무슨 책을 가져갈까, 서가 앞을 오래 서성였다. 당연히 좀 두꺼운 책이었으면 했고, 아주 어려워서 여러 번 읽어도 좋을 책이면 어떨까 싶었다. 아주 긴 인물 평전이나 자서전은 어떨까. 외국 책은 할아버지 대까지 거슬러 올라가서 여러 번 읽어도 될 만큼 길고 지루한 책이 많은데⋯⋯. 연구서 같은 건 어떨까? 몇 번을 들췄다 말았다 하면서 100쪽을 넘을락 말락 읽다 그만둔 『빈 서판』(901쪽)이 후보에 오르기도 했고, 재미있는 부분만 발췌해 읽고 있던 『젠틀 매드니스』(1,111쪽)를 가져갈까 하다가 그래도 역시 소설이라며, 조르주 페렉의 『인생 사용법』(920쪽)을 기웃거리기도 했다(지금이라면 로베르토 볼라뇨의 『2666』(1,752쪽), 스티븐 핑커의 『우리 본성의 선한 천사』(주와 찾아보기 빼고 1,180쪽)가 고려의 대상이 되었겠다. 스티븐 핑커는 2관왕!).

긴 시간 기회가 나면 다이제스트가 아닌 진짜 원본 열한 권을 다 읽어야지 마음먹은 마르셀 프루스트의 『잃어버린 시간을 찾아서』를 염두에 두기도 했으나, 외국까지 끌고 가기에 너무 무거웠다. 서가 앞을 오가며 그동안 사 놓기만 하고 못 읽었던 책을 고르는 건 즐거운 일이어서, 어쩌면 손쉬웠을 결정을 계속 미루고 있는지도 몰랐다. 그러다 '이거야' 하고 결정한 책이 바로 빌 브라이슨의 『거의 모든 것의 역사』였다.

10의 -34제곱 같은 수, 1초의 1조분의 1조분의 1조분의 1,000만분의 1초 같은 단위가 나와 읽고 나서는 노력하지 않아도 머릿속이 깨끗이 비워질 책, 그래서 읽고 또 읽어도 늘 새로울 수밖에 없는 책으로 이만한 책이 없었다. 우주의 역사에 관한 가장 대중적인 책으로서 우리나라에 저작권이 수입될 당시에도 엄청난 선인세가 오갔다는 풍문을 전해 들은 바 있다. 영어권 국가에서 가장 인기 있는, 재미있게 글을 쓰는 작가로 이름이 났으니 아예 이해를 못할 정도는 아니겠지 하는 믿음도 있었다.

낯선 타향에서 지낸 육 개월 동안 이 책이 얼마나 힘이 되었는지 모른다. 한 페이지씩 책을 읽어 갈수록 정말 잘 골랐다는 생각을 했다. 말이 통하지 않아 답답하거나 소외감을 느껴 서럽거나 억울한 일을 당해 분할 때 이 책이 도움이 되었다. 인류와 우주의 어마어마한 역사를 다루고 있어 일상의 자질구레한 상황에서 도망칠 수 있었기 때문이다. 그것도 몇만 광년쯤으로 아주 멀리.

이런 문장을 읽으면 '훗, 이까짓 것' 하면서 너그러워졌다. "세이건에 따르면, '만약 우주 공간에 우리를 임의로 뿌린다면, 우리가 행성 부근에 떨어질 가능성은 1조의 1조의 10억분의 1(10의 -33제곱)보다 더 작을 것이다. 우리가 살고 있는 세상은 그렇게 귀중한 것이다.' 그래서 1999년 2월에 국제천문연합이 명왕성이 행성이라는 사실을 공식적으로 인정한 것은 좋은 소식이다. 우주는 크고 외로운 곳이다. 가능하면 많은 이웃과 함께 사는 것이 좋을 것이다."

이 거대한 우주 속에 지구는 점보다 작은 행성이겠지 같은 생각을 하면 나를 고깝게 했던 사람들이나 분통 터지는 일에 관대해졌다. 낯설고 외로운 곳으로 떠나는 사람이라면 이 책을 강력 추천한다. 세상과 사람을 쉽게 용서하고 사랑할 수 있게 해 준다. 지금은 한국어로 된 책을 언제든 볼 수 있지만 사람에게 상처받고 세상이 환멸스러울 때면 이 책을 다시 펼쳐 보곤 한다. 효과 만점이라 아직도 읽는 중이다.

책과 혁명

2015년 10월, 아마존 오프라인 서점이 시애틀에 문을 열었다. 어쩐지 감개무량했다. 대형 서점들을 쓰러뜨린 괴물이 바로 그 자리에 다시 오프라인 서점을 열다니. 1995년 제프 베조스가 아마존닷컴을 시작했을 때만 해도 그것이 우리 일상에 어떤 영향을 미치게 될지 짐작하기 어려웠다. 온라인 쇼핑이 일상이 되는 날이 오리라고 누가 상상이나 했을까? 그런데 온라인 구매의 대표 상품인 책이 이십 년 만에 오프라인으로 돌아오다니.

아마존이 출현하고 얼마 안 돼 우리나라에도 인터넷 서점이 등장했다. 1996년부터 1999년 사이, 다빈치가 예스24

가 되고 알라딘이 문을 열었고 리브로가 생겼다. 지금은 전문서점뿐 아니라 온갖 물건을 다 파는 온라인 쇼핑몰을 포함해서 거의 오십여 곳의 온라인 서점이 있다. 정보기술IT 트렌드에 둔감한 편이지만 출판을 둘러싼 격랑이다 보니 그동안 나도 그 변화에 발을 담그게 되었다.

그 가운데 가장 인상적인 일은 내가 일하던 『출판저널』 사무실에서 알라딘이 시작되었다는 점이다. 1998년 늦여름 무렵, 『출판저널』 사무실에 묘령의 여인 몇이 나타났다. 영업부와 편집부 사이에는 마치 파티션 역할을 하듯 기다란 책상이 하나 있었는데, 거기에 여분의 컴퓨터를 놓고 여인들이 하루 종일 타자 작업을 했다. 마감이 끝난 직후, 조금 시간 여유가 생기자 이들이 도대체 뭐하는 사람인가 궁금해졌다. 당시 편집장님 지인의 부탁으로 『출판저널』의 신간 소개 글을 입력하는 사람이라고 했다.

『출판저널』은 출판사에서 보내온 모든 단행본을 길든 짧든 소개한다는 원칙을 갖고 있어서 서평으로 다뤄야 할 책, 인터뷰로 다룰 책, 트렌드로 다룰 책, 기획 기사로 다룰 책 등을 빼고도 사무실로 보내온 모든 책을 원고지 1매로 정리해 실었다. 1987년 처음 창간되었을 때는 이 소개란의 책 사진도 구본창 작가가 흑백으로 찍어 사무실의 암실에서 직접 현상했다. 지금 보면 '쓸고퀄'이라고들 하겠지만 그게 나름의 자부심이기도 했다.

소개 글 입력의 용도가 무엇일까 궁금했는데, 무슨 인터넷 서점 데이터베이스를 만드는 거라고 했다. 지금이야 이 말을 들으면 바로 쏙 이해가 되지만 당시만 해도 그게 도대체 뭔가 했다. 곧 전자책이 나올 거라는 전망도 모두 미래 영화에나 나오는 일처럼 아득하기만 했다. 잡지를 아직 대지 작업으로 만들고 1907년에 처음 문을 연 종로서적도 건재하던 때였으니 당연했다.

인터넷 서점 데이터베이스 만드는 일을 주도한 사람은 조유식 기자였다. 당시 『말』이라는 잡지에서 기자로 일하다 그만두고, 1997년 결혼 후 정보기술 사업을 하던 아내에게 등 떠밀려 미국에 다녀와 사업을 시작했다고 한다. 미국에서 아마존닷컴의 성장을 보며 미래를 발견한 것이다. 당시 인터넷 서점은 변변한 책 소개 글도 없었고 하다못해 검색조차 제대로 되지 않았기에 양질의 콘텐츠로 승부수를 띄우겠다고 생각한 것이다. 격주로 이백여 권의 신간이 들어왔는데, 이래저래 빼도 십 년 치를 모으면 일만 권은 족히 넘을 테니 대단한 작업이었다.

기간이 그렇게 길지도 않았다. 1998년 여름 무렵 시작된 작업은 겨울이 되기 전에 끝났다. 늘 있던 자리에 묘령의 아가씨들이 더 이상 나오지 않던 어느 겨울, 신문에 실린 짧은 기사 하나에 『출판저널』 사무실이 들썩였다. 이름만으로도 어딘지 으스스한 '민족민주혁명단' 간첩단 사건이었다. 그런데 거기에 우리에게 익숙한 이름이 있었다. 바로 조유식. 불과 몇 주 전, 사무실에서 보기도 했던 사람이 그토록 엄청난 일에 연루되다니, 우리는 수군거리기 시작했다.

"그것 봐. 공작금이었던 거야. 안 그러면 이 큰 사업을 어떻게 시작했겠어?"

이런 말들이 오가자 더럭 겁이 났다. 돈을 받은 일은 없지만 어찌 됐든 그에게 도움을 주었으니 『출판저널』도 조사를 받고 불이익을 당하지나 않을까 싶었다. 취조, 고문 이런 말이 머릿속에 떠올랐다. 터무니없는 망상만은 아닌 게 민주화운동이 정점에 달했던 1987년에 『출판저널』이 처음 창간되었을 때만 해도 '안기부' 직원이 상주했었다는 전설 아닌 전설이 전해 내려오고 있었다.

게다가 『출판저널』은 전과가 있었다. 당시 수감 중이던 '깐수 교수', 즉 우리 이름 정수일 교수가 1996년 간첩 혐의로 체포되기 전에, 『출판저널』에서 노작을 펴낸 그를 대대적으로 인터뷰한 적이 있기 때문이다. 그 일로 직접적인 피해를 입은 것은 없지만 한 번도 아니고 두 번이나 그랬다면 이건 명백히 의도적이라고 판단할지도 몰랐다. 우리는 편집 장님이 잡혀가시면 어떻게 되는 건가 하며 내심 걱정하느라 낯선 남자가 사무실 근처에 얼씬거리기만 해도 두려워했다.

뭐 이런 걱정을 다 했을까 싶지만 그 공포는 실체가 있었다. 박종철이 고문으로, 이한열이 시위 중 최루탄 파편에 맞아 죽음에 이른 것이 1987년이었고, 1991년에도 시위 중 강경대가 전경의 쇠파이프에 맞아 목숨을 잃었다. 시위가 한창일 때는 마르크스나 엥겔스의 고전을 가지고 다니다 불심 검문에 걸리면 잡혀갔다. 모두 십 년 안팎의 일이라 나 같은 새가슴은 충분히 겁먹을 만한 이야기였다.

다행스럽게도 『출판저널』의 책임자가 잡혀가거나 조유식 대표가 구속되는 일 같은 건 일어나지 않았다. 사건의 실체 역시 확인하기는 어려웠다. 막연하게 사상과 출판의 자유가 있는 나라에 살고 있다고 생각해 왔지만 이런 일이 있을 때면 과연 그런지 의구심이 생긴다. 프랑스의 역사가 로버트 단턴은 무려 25년 동안 약 5만 건에 이르는 사료를 분석하고 프랑스 혁명 전 금서를 연구해 『책과 혁명』이라는 책을 썼다.

이 연구는 애초에 혁명은 무엇으로 말미암아 일어나는

로버트 단턴의 『책과 혁명』을 번역한 주명철 선생은 금서의 역사에
꾸준히 관심을 두었다. 박사 학위 논문을 다듬은 『바스티유의 금서』
이후, 『서양 금서의 문화사』까지 지속적으로 관련 저서를 펴냈는데,
조합공동체 소나무에서 1998년과 1999년에 출간한 『지옥에 간
작가들』과 『파리의 치마 밑』이 조금 대중적으로 쓰였다. 지금은
두 권이 『계몽과 쾌락』이라는 책 한 권으로 합본됐다.

가, 왜 가치 체계가 바뀌는가, 여론은 어떻게 영향을 받는가 같은 거창한 질문에 답하기 위해 쓰였다. 가치 체계에 변화를 가져오고 혁명을 일으키는 데는 그저 책이면 충분했으니 세상이 바뀌는 것이 두려웠던 사람에게 책보다 두려운 것은 없었을지 모른다. 책을 불태우는 사람은 언젠가 인간을 불태울 거라는 말은 어느 시대에나 통한다.

"역사가나 심리학자보다 예술가가 더 잘 알고 있다. 문명의 함정은 얇은 베니어판에 불과하다는 것을. 우아한 문화, 언론 출판의 자유와 집회의 자유, 법률의 보호, 사회적 속박 등은 물이 귀해지면, 실업률이 올라가면, 근본주의자들이 증가하면, 폭군이 손을 뻗치면 눈 깜짝할 사이에 사라져 버린다. 르네상스도 중세로 급락할 수 있다. 훌륭한 제도들이 몇백 년 동안 변함없이 유지되는 모습을 지켜보았다. 그러나 앞으로 몇백 년 후에도 그것이 여전히 살아남을 것이라 낙관할 수 있을까?"『보헤미안의 파리』에서 에릭 메이슬이 한 말이다. 그래서 읽기가 소수의 전유물이 되고 책을 읽지 않아도 살아갈 수 있는 삶은 가끔 무섭다.

알라딘은 이제 자기 색깔을 가진 인터넷 서점으로 각별한 사랑을 받고 있다. 정수일 교수도 2000년에 석방된 후 동서 문명 교류에 관한 역작들을 펴내고 있다. 그사이『출판저널』은 발행 주체가 바뀌고 사실상 종간한 후 수많은 기사와 서평과 함께 사라졌다. 노작이 아니면 서평의 자리를 얻지 못했고, 쥐꼬리만 한 고료에도 기꺼이 평을 써 주었던 저자들을 생각하면 굉장한 상실로 느껴진다. 이따금 알라딘에 들어가 1998년 이전 출간작의 소개 글을 찾아 읽어 본다. 그 가운데는 내가 쓴 것도 있을지 모른다고, 그 책들이 여전히 읽히고 있을까, 그 책들을 보았던 1997년의 나는 어떤 사람이었을까 그런 생각을 하면서.

바람의 딸, 걸어서 지구 세 바퀴 반

편집자에게 베스트셀러는 소중하다. '돈' 생각을 먼저 하실 텐데 유감스럽게도 정답이다. 베스트셀러 하나가 있으면, 좀 덜 팔리지만 꼭 있어야 할 책을 못해도 세 권은 더 만들 수 있다. 베스트셀러 기준이 거의 매해 달라지고 있으니까(갈수록 쪼그라든다) 경우에 따라 다르겠지만. 이렇게 말하고 보니 베스트셀러는 좋은 책이 아니라는 말처럼 들린다. 그럴 리가! 베스트셀러는 지금 세상과 독자의 지금 마음을 가장 잘 보여 주는 거울 같아서 편집자에게 아주 중요하고 유용하다.

베스트셀러를 멸시하거나 기피하는 것을 고급 독자의

지표처럼 여기는 사람도 더러 있지만 편집자 입장에서는 베스트셀러를 질투할 수는 있어도 업신여기기는 힘들다. 이미 많이 팔렸는데 나까지 보태자니 좀 배가 아파서 빌려 읽는 경우가 많기는 해도 내 경우, 베스트셀러는 거의 읽는다. 역대 베스트셀러를 십 년 단위 이상으로 늘어놓으면 사람들 짐작과 달리 한 해 반짝한 책보다 몇 년 동안 꾸준히 사랑받은 책이 적지 않다. 특히 소설은 베스트셀러 유통 기한이 자기계발서에 비해 긴 편이다.

내가 만든 책 가운데 가장 큰 베스트셀러는 한비야 선생의 책들이다. 베스트셀러의 또 하나 유용한 점은 직업을 말하고 무슨 책을 만들었냐는 질문에 사람들이 아는 책을 이야기할 수 있다는 점이다. 만든 책을 열 권쯤 늘어놓았는데도 모인 사람 가운데 아는 사람이 한 명도 없어서 어색한 침묵이 흐르곤 했던 편집자라면 아마 크게 고개를 끄덕일 것이다. 한비야 선생 책 이야기를 하면 말을 길게 늘어놓지 않아도 된다.

선생님과의 인연은 벌써 이십 년째다. 세계 여행 중 말라리아 예방약 부작용이 심해져 요양을 위해 한국에 잠시 왔다가 덜컥 책을 쓰게 된 것이 1996년이었다. 『출판저널』에서 일하는 중에 전화를 받았다. 입사하기 전에 여성지에 유명인의 엄마 이야기를 인터뷰해서 싣는 '엄마생각'이라는 연재 꼭지를 맡은 적이 있었는데 그때 편집부장을 하셨던 분이란다. 일개 프리랜서라 담당 기자와도 얼굴 한 번 본 적 없이 전화나 이메일로 겨우 소통할 뿐이었건만 부장님이라니, 그것도 연재가 끝난 지 한참 지난 시점에서 무슨 일인가 싶었다.

얼마 전까지 부장으로 일하시다가 그만두고 출판사를 열어 첫 책을 준비 중인데 저자도 처음이라 담당 편집자가 필요하다는 것이었다. 전에 연재했던 원고가 오래 기억에 남아 기자 여럿에게 수소문했단다. 직장에 매인 몸에 가능할까 싶었지만 간곡하게 말씀하시니 마음이 약해졌다. 거절하더라도 얼굴이라도 뵙는 것이 예의겠거니 하며 한비야 선생이 머물던 경기도 일영의 농가 주택에 갔다. 당신 집이 없을 때라 부장님 지인의 주말 거처를 빌린 것이다.

말라리아 예방약 부작용으로 얼굴은 수척하고 눈 흰자 위에도 노란빛이 돌았지만 초롱초롱한 생기와 발랄함은 지금이나 같았다. 그러나 첫 만남에서 이건 내가 할 수 없는 일이라는 생각이 들었다. 선생의 경험 자체가 워낙 압도적이라 그 이야기만 풀어놓아도 분명 흥미진진한 책이 되겠지만 사람이 문제였다. 나처럼 물에 물 탄 듯, 술에 술 탄 듯 미지근한 사람이 과연 그 막강한 에너지를 견뎌 낼 수 있을까 겁이 났기 때문이다.

마침 미국에 있던 동생이 오랜만에 집에 온다기에 동생 핑계를 대고 일을 못할 거 같다고, 다른 사람을 구하시라고 이야기했지만 허사였다. 동생이 떠날 때까지 기다려 줄 테니 다시 오라는 말에 별수 없이 돌아왔다. 한 달이었는지 그 이상이었는지 정확하게 기억이 나지는 않지만 기간은 길지 않았다. 선생이 써 놓은 원고를 꼼꼼히 읽고 덜어 낼 부분과 더 살려야 할 부분, 독자의 눈높이에서 궁금한 것을 정리해 추가 원고를 요청했다.

그게 시작이었다. 『바람의 딸, 걸어서 지구 세 바퀴 반』 첫 권을 펴낼 때는 그게 시리즈가 될지도 몰랐다. 그래서 초쇄에는 1권임을 따로 표시하지도 않았다. 하지만 여성 혼자, 그것도 남들이 잘 가지 않는 지역을 여행한 이야기는 금방 화제가 되어 베스트셀러에 진입했다. 이야기를 유쾌하게 풀어내는 입담 덕에 라디오 출연도 하면서 곧바로 2권을 준비하기 시작했다. 그 후 선생은 마치지 못한 세계 여행을 마무리하고 1998년에 3, 4권을 펴냈다.

자유 여행이 가능해진 지 십 년 만에 여성 혼자 전 세계를 누비고 다닌 이야기는 사람들에게 나도 할 수 있다, 나도 하고 싶다는 마음을 불러일으켰다. 보통 사람도 세계 여행을 일생의 꿈으로 품게 되었고 실현하는 이도 늘었다. 세계 여행 이야기는 계속 업데이트됐고, 급변하는 세계 속에서 여행자가 유의해야 할 일도 늘었다. 한비야 선생의 이야기는 점점 낡은 이야기가 되었지만 그 책이 그때 했던 역할만큼은 퇴색하지 않았다.

그 후 한비야 선생은 여행 경험에서 자신의 길을 찾았고 우리에게 생소한 국제 구호 전문가로 변신했다.『지도 밖으로 행군하라』에 담은 세계 곳곳의 난민 이야기는 세계 여행만큼이나 압도적인 데다 유난히 세계 이슈에 둔감한 우리나라에서 꼭 생각해 봐야 할 문제를 던져 주었다. 최근에 나온『1그램의 용기』까지 선생이 쓴 여덟 권의 책을 함께했다.

여전히 열정적인 선생과의 작업은 진이 빠지는 일이기도 하다. 원고가 마무리될 즈음에는 며칠씩 합숙을 하는 경우도 있는데, 저자만큼은 못해도 최소한 그에 비견할 만한 노력을 들여야 하기 때문이다. 이십 년이나 고정 편집자로 일했지만 아마 한비야 선생이 집필을 할 수 있는 한 계속 선생과 함께하게 될 것이다. 베스트셀러 작가를 둘러싼 출판사와 편집자의 이합집산이 많기에 누군가 어떻게 이렇게 오래 버텼느냐고 묻는다면 나는 아마 나의 무덤덤함 때문이지 않을까 하고 답할 것 같다.

내가 생각하는 좋은 기획 편집자는 저자와 독자 사이를 오가는 균형추 역할을 훌륭하게 하는 사람이다. 원고는 저자의 것이고, 완성된 책은 독자의 것이다. 기획 편집자는 오로지 그 사이에만 존재한다. 그래서 저자와 독자 사이, 내용과 형식 사이, 가치와 상업성 사이, 이 모든 사이에서 균형을 잡는 능력이 필요하다. 저자가 글을 쓸 때 염두에 두어야할 독자를 가늠하게 해 주고, 저자가 하고 싶은 말과 독자로 읽고 싶은 내용의 수평을 맞춰 줘야 한다.

내가 한비야 선생과 작업할 때 늘 염두에 두는 점은 이것이다. 저자가 자신의 이야기와 메시지에 빠져 독자를 잊을 때 독자를 상기시키는 것, 독자가 듣고 싶어 할 만한 말만 골라 하며 아첨하려 할 때 저자의 이야기를 놓치지 않게 하는 것. 열정은 일할 때 꼭 필요한 좋은 가치이지만 기획 편집자에게 열정이 지나치면 독자도, 저자도 가리게 된다. 한비야 선생은 나를 '덤덤 현주'라고 부른다. 글을 쓰다 힘에 부쳐 편집자의 일방적인 응원이 필요할 때조차 무덤덤함으로 일관해서 그렇다.

베스트셀러에는 명암이 있다. 골수 팬 몇백 명만 본 책은 호평 일색이지만 기십만 명이 본 책에 대해서는 호오가

엇갈리기 때문이다. 책뿐 아니라 저자에게까지 가혹하리 만치 잔인한 말을 하는 경우도 많다. 그럴 때 무덤덤함이 얼마나 도움이 되는지 모른다. 내가 좋아하고 존경하는 편집장님의 말씀대로 "책이 나쁘면 얼마나 나쁘겠나? 사람들이 그 한 권만 읽는 것도 아닌데" 하고 생각한다. 그래서 베스트셀러 편집자는 돈 많이 버느냐고요? 아쉽게도, 돈 못 법니다!

맺음말

원고를 쓴 지 꽤 지나 내용이 가물가물하다. 무슨 헛소리를 써 놓았을까 겁이 나서 다시 읽어 보니 약간 부끄럽긴 해도 헛소리는 아닌 것 같아 수정이나 철회는 포기하고 눈을 질끈 감고 맺음말을 쓰기로 했다. 이 책이 나오면 내가 편집자에서 저자가 되는 걸까, 그런 생각도 해 봤는데, 그건 아닌 것 같다. 살면서 읽고, 일하면서 쓰는 삶은 일과 사랑을 재료 삼아 책을 편집하는 일과 비슷하기 때문이다. 내가 여기에 쓴 글은 읽고 산 일을 편집한 이야기다.

지금 나는 두 해 전에 『뼈가 들려준 이야기』를 펴낸 진주현 선생의 두 번째 책을 맡고 있다. 유해 발굴 이야기를 통해 이번엔 역사를 다뤄 주시기로 했다. 아직 초고도 안 나왔지만 첫 번째 책 못지않게, 아니 그보다 훨씬 더 재미있고 유익하리라 확신한다.

또한 『18세기의 맛』이라는 책에 참여한 필자 중 한 분으로 단 몇 쪽의 글로 나를 반하게 만든 정세진 선생과도 일하고 있다. 무턱대고 연락해서 거의 이 년 넘게 공을 들였는데, 한국 건축을 전공한 동료 학자이자 남편인 오규성 박사와 함께 도플갱어처럼 닮은 중국과 한국 건축 이야기를 들려주실 예정이다. 건축물을 매개로 한국과 중국의 역사와 두 나라 사람의 같고도 다른 마음을 그려 보는 책이다. 이 책 역시 무척 흥미로울 것이다. 기대해 주시면 좋겠다.

원고를 다시 읽으면서 내가 '나아진다'는 말을 얼마나 좋아하는지 새삼 깨닫게 되었다. 인간은 불완전한 데다 별로 믿음직스럽지 않은 종이지만 조금 더 올바르려고, 조금 더 사랑하려고 노력하기 때문에 아름답다고 생각한다. 그리고 책이 그렇게 애쓰는 모든 존재에게 도움이 될 거라고 예나 지금이나 믿는다. (너무 거창했나?)

이 책을 마무리하는 지금, 나는 당분간 한국을 떠나기로 결정했다. 느슨한 편집자로 살려면 먹고사는 일이 해결되어야 할 것 같아 다른 곳에서 전혀 다른 일을 해 보기로 했다. 그래도 계속 읽으며 좋은 저자들을 부추기고 돕는 일을 멈추지 않을 작정이다.

편집자 일에 대한 존중도, 벌이도 시원찮은 열악한 상황에서 편집자로 사는 일에 보람(과 환멸)을 느끼는 모든 편집자에게 존경과 감사를 보낸다. 내가 뭐라도 되는 것처럼 굴어서 쑥스럽지만 그들이 하는 일이 얼마나 중요하고 귀한 일인지 '자뻑' 했으면 좋겠다.

그래도 다시 만날 때까지 모두 안녕!

읽는 삶, 만드는 삶:
책은 나를, 나는 책을

2017년 4월 24일 초판 1쇄 발행

지은이
이현주

펴낸이	**펴낸곳**	**등록**
조성웅	도서출판 유유	제406-2010-000032호(2010년 4월 2일)

주소
경기도 파주시 책향기로 337, 308-403 (우편번호 10884)

전화	**팩스**	**홈페이지**	**전자우편**
070-8701-4800	0303-3444-4645	uupress.co.kr	uupress@gmail.com

페이스북	**트위터**
www.facebook.com/uupress	www.twitter.com/uu_press

편집	**영업**	**디자인**
이경민	이은정	이기준

제작	**인쇄**	**제책**
제이오	(주)재원프린텍	(주)정문바인텍

ISBN 979-11-85152-63-9 03800

이 도서의 국립중앙도서관 출판예정도서목록(CIP)은 서지정보유통지원시스템
홈페이지(seoji.nl.go.kr)와 국가자료공동목록시스템(www.nl.go.kr/kolisnet)에서
이용하실 수 있습니다.(CIP제어번호: CIP2017008620)

일본 1인 출판사가 일하는 방식
다양하고 지속 가능한 출판을 위하여
니시야마 마사코 지음, 김연한 옮김

일본에서 나 홀로 출판사를 차린
대표 10명의 이야기를 편집자
출신의 저자가 취재하여 쓴 책.
어떻게 출판사를 차리게 되었는지,
1인 출판사를 운영하면서 느낀 점,
자기 출판사의 방향과 철학 등이
인터뷰를 통해 담담하게 적혀 있다.
기술 발전과 시대 변화로 1인 기업이
가능해진 시대, 출판사로 1인 기업을
자신만의 방식으로 꾸려 가는
사람들의 솔직담백한 고백이 담겼다.

책의 책

고양이의 서재
어느 중국 책벌레의 읽는 삶, 쓰는 삶,
만드는 삶
장샤오위안 지음, 이경민 옮김

중국 고전과 인문서를 꾸준히 읽어
착실한 인문 소양을 갖춘 중국의
과학사학자이자 천문학자의 독서
편력기. 학문, 독서, 번역, 편집, 서재,
서평 등을 아우르는 책 생태계에서
살아온 그의 삶에는 책을 좋아하는
사람의 모든 것이 담겨 있다. 과학과
인문학을 오가는 그의 문제의식과
중국 현대사 속에서 살아가는 개인의
관점 역시 놓칠 수 없는 대목이다.